Barthle B. Boss

Echte Männer essen keinen Tofu

Dieses Buch war höchst überfällig.

Seid echte Männer und stolz darauf.

Barthle B. Boss

Barthle B. Boss

Echte Männer essen keinen Tofu

Bibliografische Information der Deutschen National-bibliothek:
Die Deutsche Nationalbibliothek verzeichnet diese Publikation in der Deutschen Nationalbibliografie; detaillierte bibliografische Daten sind im Internet über http://dnb.dnb.de abrufbar.

Illustration: **Barthle B. Boss, Clara Yasumi, Kurai**
Kreative Covergestaltung: **KuRai**

Herstellung und Verlag:
BoD – Books on Demand, Norderstedt

ISBN 9783739241234

Vorwort

Kein Buch ohne Vorwort.
Um eventuellen Missverständnissen vorzubeugen:
Das Vorwort beginnt erst auf der nächsten Seite. Das hier ist die Einleitung zum Vorwort.
Beim Vorwort handelt es sich nämlich um eine Vorgeschichte. Der ursprüngliche Autor ist mir nicht bekannt, aber ich denke, dass er den Nagel auf den Kopf getroffen hat. Aus rein stilistischer Sicht war eine dezente Überarbeitung notwendig. Danke für die Einsicht. Dieses Buch ist der Leitfaden für Männlichkeit. Das Thema ist *„den Mann an sich"* und das, was ihn ausmacht. Aus Männersicht.

In den Zeiten von Unisex, Gleichstellungsbeauftragten, Frauenquoten, der Aufweichung des Rollenverhaltens, multimedialer Übersättigung, Emanzipation und „Entmannt-Sie-Pation" sowie des allgemein vorherrschenden Wahnsinns war es einfach an der Zeit für dieses Buch.

Der Begriff „Echter Mann" ist in diversen Interpretationen anzufinden.
Wie konnte es dazu kommen? Wer hat das veranlasst? Warum machen so viele mit?
Und was zur Hölle soll das mit dem Tofu?
Gehen wir dem Übel gemeinsam auf den Grund.

Viel Spaß beim Lesen

Barthle B. Boss

Es war einmal:

Meine Frau war vom ersten Moment an mir interessiert und hatte mich sogleich auf die Beuteliste gesetzt. Sie verfolgte mich regelrecht. Egal wo ich hinkam, sie war schon da. Ich war überzeugter Motorradfahrer, trug schwarze Shirts, Jeans, Stiefel, und hatte lange Haare. Mein schwarzer Ledermantel war mein Ein und Alles.

Selbstverständlich hatte ich auch ein Outfit für besondere Anlässe. Dann trug ich ein schwarzes Shirt, Jeans und Turnschuhe. Erwähnte ich es schon? Mein schwarzer Ledermantel war mein Ein und Alles.

Meine Hausarbeit war einfach, schnell gemacht und unkompliziert. Es gab ein Waschmaschinenprogramm für alles (B60) und auf der Speisekarte standen Dinge wie Fleisch, Fleisch, gelegentlich Gemüse, Käse und natürlich Bier. Ich mochte mich und mein Leben. Und dann trat „SIE" in mein Leben.

"Hallo Traummann. Du bist so männlich und verwegen. Sei mein!"

Wir beschlossen zu heiraten. Was sollte schon passieren? Ich war männlich, verwegen, hatte lange Haar und meinen Ledermantel.

Kurz vor der Hochzeit schlug das Schicksal zu.

"Schatzi. Tu uns doch den Gefallen und geh mal zum Friseur. Außerdem stehen Dir kurze Haare viel besser. Das ist so…maskulin!"

Tage später und nach endlosen Streitgesprächen gab ich auf. Ich bekam eine modische, sehr maskuline, eine mein Aussehen verbessernde Kurzhaarfrisur und meinen Frieden. Ich war männlich, verwegen, fast frei und es zog auf meinem Kopf.

"Du bist einfach mein Traummann", flüsterte sie in mein Ohr.

Das Leben war insgesamt wie früher und auf dem Kopf etwas kühler. Kurze Zeit später stand meine Frau lächelnd mit einer großen Tüte unterm Arm vor mir. Das Schicksal liefert mir Hemden, einen Pullunder und Stoffhosen. Einige Tage später, nach heftigen Wutattacken meinerseits und Tränenbächen Ihrerseits, hatte ich verloren. Ich trug Hemden, Pullunder und Stoffhosen. Dann folgten schwarze Halbschuhe, Sakkos, Krawatten und Designermäntel. Ich war männlich, verwegen, machtlos und es zog auf meinem Kopf. Der Kampf ums Motorrad folgte. Er war kurz. Im schwarzen Anzug, der ständig kniff und zwickte, ließ es sich nur schlecht kämpfen. Die Lackschuhe drückten und zerrütteten mein Nervensystem.

Ich war männlich, spießig, unfrei, fuhr einen Kleinwagen und es zog auf meinem Kopf.

Ich verlor auch die folgenden Kämpfe. Ich spülte in der Maschine, bügelte, kaufte ein, lernte Schlager mitsingen, trank lieblichen Rotwein und legte mir einen Kleingarten zu. Ich war ein Weichei, gefangen, fühlte mich unterirdisch und es zog auf dem Kopf. Eines schönen Tages stand meine Frau mit gepackten Koffern vor mir und sagte:" Ich verlasse Dich."

Völlig erstaunt fragte ich sie nach dem Grund.

"Ich liebe Dich nicht mehr, denn Du hast Dich so verändert. Du bist nicht mehr der Mann den ich mal kennen gelernt habe."

Neulich traf ich sie wieder. Ihr "Neuer" ist ein langhaariger Biker mit zerrissenen Jeans und Tätowierungen, der mich mitleidig ansieht.

Ich glaube, ich werde Ihm eine Mütze stricken.

Gibt es noch echte Männer?

Samara1978, 02.02.2010 bei „www.gutefrage.net"

*„Hallo, es soll echt keine Beleidigung gegen Männer
sein, aber es interessiert mich wirklich seit Jahren
schon, warum es keinen richtigen Mann auf dieser
Welt mehr gibt? Ich spreche jetzt nicht vom Aussehen
oder diesem und jenem. Und nicht das ihr jetzt antwortet, ja der richtige ist dir nicht begegnet usw...usf.
Im Allgemeinen spreche ich von Männern von früher,
die waren ganz anders...männlicher, stärker, einfühl-
samer, verständnisvoller, geduldiger...sind diese
Männer wirklich alle schon tot?*
*Ich sehe die Männer jetzt zu dieser Zeit...so ... gestylt
wie eine Frau, Augenbrauen zupfen, Solarium, zum
Fitness rennen(das haben die Männer von früher
nicht gebraucht, da sie hart geschuftet haben und
automatisch so einen starken Muskelkörper hatten,
ohne jede 5 Min. zum Fitness zu rennen, während sie
draußen gearbeitet hatten, wurden sie von der Sonne
automatisch braun....alles Natur)*
*Kaum arbeiten Männer im Büro oder am PC, nörgeln
sie, wie schwer sie es haben und dass sie vom vielen*

Sitzen Rückenschmerzen haben und und und...Ich könnte jetzt bis morgen schreiben, aber will mir das hier und jetzt nicht antun, da ich ja weiß, was für kindische Antworten ich jetzt von der neuen Männergeneration zu hören bekomme, die echten Männer sind ja schon alle tot....LEIDER....ich wollte trotzdem das vom Herzen los haben."

Leserantwort bei „www.gutefrage.net":

Hauptschuld daran haben die Emanzipation der Frauen, Gender Mainstreaming und das Gleichstellungsgesetz. Es darf ja nicht einmal mehr die früher übliche (männliche) Berufsbezeichnung in Annoncen stehen. Da steht dann Verkäufer/in, Bäcker/in, wobei ich glaube, dass die meisten Frauen früher wie heute kein Problem damit hätten wenn die weibliche Bezeichnung nicht extra erwähnt würde. Und wenn dann führende Persönlichkeiten so einen Unsinn von sich geben wie „Niemand ist nur männlich oder nur weiblich, aber wir leben in einer Welt, die maßgeblich durch die Zuweisung von Geschlechterrollen geprägt ist", braucht einen nix mehr zu wundern. Und von öffentlichen Stellen wird das Ganze kräftig gefördert. Einige Beispiele: In Wien betreibt die Kinderbetreuungs- GmbH Fun & Care bei Kleinkindern „geschlechtssensible Pädagogik" und erzieht sie zu einem „geschlechtergerechten Sprachgebrauch". Jungen bekommen einen Kosmetikkorb und Puppen, während Mädchen dazu angehalten werden, sich mit Schreien und körperlicher Gewalt gegen Jungen durchzusetzen. Grundlage und Forderung der Vereinten Nationen und der Europäischen Union: Die Gleichstellung der Geschlechter von Mann und Frau.

Durch Gender-Maßnahmen in allen gesellschaftlichen und politischen Bereichen, die per Gesetz seit Jahren festgeschrieben worden sind, soll die zunehmende Einsicht ins Hirn eines jeden Bürgers auf der ganzen Welt nachhaltig einbrennen, dass es das klassische Geschlecht von Mann und Frau in Wirklichkeit gar nicht gibt und es auch noch nie gegeben hat. Deswegen müssen die scheinbar gar nicht existierenden Geschlechter jetzt abgeschafft werden! Abziehbilder von der Schablone.

Erstaunlich ist, dass dies noch niemandem in den vergangenen Jahrtausenden der Menschheitsgeschichte aufgefallen ist. Jeder Mensch ist demnach gemäß der Gender-Definition der EU und der Vereinten Nationen bei seiner Geburt geschlechtsneutral. Es gibt, wie bisher angenommen, das Mädchen oder den Jungen in Wirklichkeit nicht. Typische Männlichkeit und typische Weiblichkeit werden nach Gender Mainstreaming nur durch die Erziehung und das soziale Umfeld künstlich entwickelt. Hauptsächliche Verursacher sind die Eltern, Großeltern, Kindergärten, Schulen und das soziale Umfeld. Typische Männlichkeit und typische Weiblichkeit sind demnach sexistisch!

Die EU berät ein Gesetz, nachdem in der Fernsehwerbung keine Frauen mehr am Herd und an der Waschmaschine gezeigt werden dürfen. Der Grund: Dies ist für die Frauen diskriminierend und entwertend, Sexismus pur! Wer frei von Sexismus diese Rolle stattdessen künftig einnehmen wird, ist bereits beschlossen: Der Mann. Er soll durch die EU-Gesetzesänderungen und mediale Unterstützung vermehrt durch Hausarbeit und Familienmanagement aus dem Beruf ins Haus verbannt werden, während

die Frau der Erwerbstätigkeit in jedem Fall den Vor-
rang vor der Familie geben soll.

Es ist nicht leicht, ein Mann zu sein. Anscheinend haben wir Eigenschaften, vor denen das andere Geschlecht Angst hat. Ansonsten würden nicht so viele Frauen mit aller Macht versuchen, uns das auszutreiben.
Ein echter Klassiker in der Denke vieler Mädels ist: „Den erziehe ich mir."
Wir wollen aber nicht „erzogen" werden. Das haben wir alle hinter uns und dabei einige Erfahrungen sammeln dürfen, die wahrhaftig nicht nötig gewesen wären. Echte Männer haben keine Schwierigkeiten mit Partnerschaften auf Augenhöhe. Es gibt allerdings auch keinen Grund, Frauen als das höherwertige Geschlecht anzusehen. Kein Quell der Freude für echte Männer sind Feministinnen. Die dürften dann bei der Lektüre dieses Buches ein lautes Klagegeschrei anstimmen. Stört uns das wirklich?

No Ma'am!

> # "Der" Feminismus hat im Allgemeinen sein Ende, wenn endlich der Richtige da ist.

Echte Männer und der Feminismus

Bevor der Feminismus zum Thema wird, erlaube ich mir vorsorglich einen kurzen Kommentar: Gleichberechtigung sollte zwischen Männern und Frauen völlig selbstverständlich sein. Ohne Wenn und Aber. Gleichberechtigung und Feminismus sind allerdings Dinge, die nichts miteinander zu tun haben. Die Bewegung der Feministinnen hat mit der Bewegung der Frauenrechtlerinnen nicht viel zu tun. Sie wurde ursprünglich von der "Rockefeller Foundation" ins Leben gerufen und finanziert. Der Medienapparat des Unternehmer-Clans, Zeitungen, Illustrierte, Bücher, Fernsehen, Kino und Radio brachten die feministische Idee mit großem Erfolg unter die Frauen. Der amerikanische Staat half mit und startete durch. Finanzspritzen der CIA in den 60er Jahren ermöglichten den Start diverser „linker" Frauenzeitschriften, wie mittlerweile bekannt wurde. Apropos: Auch der Springer-Verlag in Deutschland wäre ohne die Finanzmittel der ehrenwerten Herren der CIA niemals an den Start gegangen.

Worin lag die Absicht? Nicholas Rockefeller sagte vor einiger Zeit im Gespräch mit Hollywood Direktor und Dokumentarfilmer Aaron Russo dazu folgendes:

"Der Feminismus ist unsere Erfindung aus zwei Gründen. Vorher zahlte nur die Hälfte der Bevölkerung Steuern, jetzt fast alle, weil die Frauen arbeiten gehen. Außerdem wurde damit die Familie zerstört und wir haben dadurch die Macht über die Kinder erhalten. Sie sind unter unserer Kontrolle mit unseren Medien und bekommen unsere Botschaft eingetrichtert, stehen nicht mehr unter dem Einfluss der intakten Familie. Indem wir die Frauen gegen die Männer aufhetzen und die Partnerschaft und die Gemeinschaft der Familie zerstören, haben wir eine kaputte Gesellschaft aus Egoisten geschaffen, die arbeiten (für die angebliche Karriere), konsumieren (Mode, Schönheit, Marken), dadurch unsere Sklaven sind und es dann auch noch gut finden." (Quelle Internet & YouTube)

Der Feminismus maskiert sich als Bewegung für die Frauenrechte. In der Realität ist der Feminismus aber gegen die Frauen gerichtet. Er ist eine Lüge, in der ihnen erzählt wird, ihre biologischen Instinkte seien „konstruiert" worden, um sie zu unterdrücken. Wie kann aber die althergebrachte Rolle der Frau minderwertig sein?

Es gibt keinen Grund, warum eine Frau NICHT in typischen Männerdomänen arbeiten sollte. Man sollte Stellen unspezifisch von Geschlecht und Herkunft generell nach Fähigkeiten und Neigungen besetzen. Es muss eine Selbstverständlichkeit sein, dass Frauen in Führungspositionen in welchem Bereich auch immer tätig sind.

Es spricht allerdings auch nichts dagegen, die konservative Rolle einer Behüterin des Herdes und Mutter auszufüllen. Diese Tätigkeit ist weder minderwertig noch unwichtig. Im Gegenteil. Eine intakte Familie fördert ausgeglichenen Nachwuchs und trägt zu einer stabilen, sicheren und lebenswerten Gesellschaft bei. Der Feminismus ist ein Vehikel, um einen bewussten sozialen Umbau zu vollziehen. Beide Geschlechter werden neutralisiert. Man macht Frauen maskulin und Männer feminin. Frauen erfahren, dass Ehe und die Mutterschaft minderwertig sind und Männer stellen fest, dass sie Tyrannen sind. Kinder halten letztendlich nur von der Selbsterfüllung ab.

Die „Karriere" ist wichtiger als die traditionelle Mutterrolle. Ein Mensch ist nur dann vollwertig, wenn er dem Arbeitsmarkt zur Verfügung steht.

Die Mainstream-Medien verbreiten diese Kunde. Über welche Form der Karriere reden wir? Im Büro Papier von links nach rechts bewegen? An einer Maschine monotone Handbewegungen machen? Hamburger zusammenbasteln? Fritten brutzeln? Haare schnippeln? Putzen gehen? Oder im „Karrierefall" als Chefin andere Kollegen anzutreiben und auszubeuten?

Der Feminismus wurde erfunden, um die Familie zu zerstören und die Mann-Frau-Beziehung zu eliminieren. Ein typischer Fall von „Teile und Herrsche". Das Ziel ist eine Bevölkerung von möglichst egoistischen und dummen Kreaturen, die den idealen, leicht steuerbaren Konsumenten darstellt. Und wenn es mit der Zerstörung der Familien nicht funktioniert, dann tauschen wir doch einfach das ganze Volk aus. Die Politik ist einfallsreich und kennt keine Tabus.

Mit dem Zins-System und der totalen Verschuldung der Konsumenten für den Kauf völlig unnützer Dinge, den unterhaltsamen allgegenwärtigen Medien mit Frauentausch, DSDS, Landwirt sucht Kuh und dem Big Brother Container, landen die „normalen" Menschen dort, wo sie hinsollen: Im Land der funktionierenden und konsumfreudigen Arbeitstierchen.

Also, Jungs…nehmt zur Kenntnis, dass es nicht weiter schlimm ist, ein „echter Mann" zu sein. Die Tatsache, dass alle versuchen, Euch am Zeug zu flicken, ist leider vorhanden. Aber das sollte kein Grund sein, um die Flinte ins Korn zu werfen. Es ist vollkommen legitim, sich als Mann zu fühlen und auch so zu verhalten. Wir müssen dabei nicht in steinzeitliche Bräuche zurückfallen, die Gnädigste als potentielle Partnerin mit einer Keule K.O. zu schlagen und in die heimische Höhle zu schleifen. Ich gebe zu, dass der Gedanke gelegentlich seinen Reiz hat. Und mit der zunehmenden Dauer einer Beziehung wird zumindest der Wunsch nach der Keule immer größer. Aber auch Selbstbeherrschung ist eine männliche Eigenschaft.

Also: Die Contenance bewahren, auch wenn die spitze Zunge der Partnerin Eurer Wahl Euch das Leben so richtig interessant gestaltet. Anbei eine Anekdote:

Ein Mann macht einen langen Strandspaziergang an der Nordsee und sieht plötzlich etwas in der Sonne funkeln. Er befreit das Fundstück grob vom Sand. Tatsächlich: Er hält eine Original-Aladin-Wunderlampe in der Hand. Als er das Prachtstück reibt, erscheint mit viel lila Rauch und Gezische eine echte Djinni, ganz so wie damals bei Major Nelson. Sie schaut ihn ein wenig angesäuert an uns sagt:

„Och nööö. Nicht schon wieder so ein Kerl. Aber was soll es? EINEN Wunsch spendiere ich. Und nun hopp, Kollege. Ich will wieder in meine Flasche zurück."

Der Mann grübelt einen Moment.

„Ich wünsche mir eine Autobahn von hier am Strand bis rüber nach England. Ich mag England und würde da gern mit dem Auto hinfahren."

Die Djinni schluckt und antwortet: „Nö...vergiss das. Viel zu aufwendig. Ich bin nur eine kleine Djinni und das Ganze ist ein paar Nummern zu mächtig für mich. Der ganze Zement, Architektur, Statik und so. Nimm doch bitte etwas Kleineres."

„Dann habe ich noch einen anderen Wunsch: Ich würde gern die Frauen verstehen. Die sind immer so seltsam, kichern ohne Grund und verlangen merkwürdige Dinge."

Die Djinni schaut ihn an, grübelt einen Moment und fragt: „Diese Autobahn nach England...möchtest Du lieber vier oder sechs Spuren?

Machen wir uns mal besser keine Illusionen. Männer werden Frauen niemals verstehen. Die Mädels empfinden sich selbst nicht als schwierig, sondern als anspruchsvoll. Ein Kerl hingegen, der gewisse Anforderungen an die Gnädigste stellt, ist intolerant, unflexibel, unsensibel und/oder frauenfeindlich. Was macht die Gnädigste in diesen Fällen? Fies dreinschauen, muffeln, Türen kloppen und den Vorsatz fassen, sich den Kerl schon noch zu erziehen. Natürlich würden Frauen ihre Fehler zugeben, wenn sie nur welche hätten. Ein echter Gefahrensucher leistet sich den Luxus, die Damen darauf hinzuweisen, dass in unserer Gesellschaft Männer von Frauen erzogen werden. Aber dieser Ratschlag ist wirklich nur für die ganz Mutigen unter uns gedacht.

KAFFEE? TEE? FI(LM) (GU)CKEN?

Wie alles begann:

Letztendlich startete alles mit einer gewissen Form der zwischenmenschlichen, rhythmischen Sportgymnastik. Zwei Körper klatschten im Stakkato aufeinander, umeinander und partiell ineinander herum und boten ein optisches Gräuel für einen eventuellen externen Beobachter. Irgendwann machten sich ca. 300 Millionen kleiner Einzelkämpfer, die wie Mikro-Computermäuse aussahen, auf den Weg. Nach einer langen Reise durch ein ganz eigenes Universum kam ein nur einziger durch. So wurden aus einem „X" und einem „Y" ein „XY"! Das Resultat warst…

DU!

Also, hochgeschätzter Leidensgenosse und potentieller Weggefährte („XY") auf den verschlungenen Pfaden der Männerwelt: Du bist etwas ganz Besonderes. Insbesondere nach dieser extrem sportlichen Leistung. Werde Dir dessen bewusst und sei stolz darauf. Im Leben gibt es keine Geschenke außer vielleicht mal zu

Weihnachten oder zum Geburtstag. Allerdings sind das Geschenke, die sich mit etwas Glück wieder umtauschen oder im Garten verbuddeln lassen. Das Geschenk Deiner Existenz hingegen – sei es nun beabsichtigt oder eher zufälligen Ursprungs – war ein Schöpfungsakt ungeheurer Kräfte auf Jedi-Level 10. Was kann man dem noch hinzufügen?

Nutze die Macht, ...!
(Dort bitte Deinen Namen einsetzen, „XY"!)

Akzeptiere Deine Einmaligkeit und Deine Möglichkeiten. Mutter Natur hat Dir alles in die Wiege gelegt, was Du benötigst, um ein ganz besonderes und erfülltes Leben zu haben. Bevor wir uns den Details widmen: Bereits am Anfang sind wir alle *unterschiedlich*. Wir sind nicht *gleich*. Wir sind vielleicht ähnlich. Und je größer wir werden, desto *unähnlicher* werden wir uns. Aber diese Vielfältigkeit macht auch den Reiz aus. Ebenso wie bei den Mädels. Stellt Euch vor, wie scheußlich das Leben wäre, wenn alle Frauen wie Barbie und die Männer wie Ken aussähen? Igitt! Um ein echter Kerl zu werden, musst Du nicht den Bizeps von Arnie oder den Dödel von Long Dong Silver (der Junge mit den legendären 45 Zentimetern) haben. Du musst nur eins tun: Sei Du selbst und nutze Deine Möglichkeiten und Fähigkeiten nach bestem Wissen und Gewissen. Streng Dich an. Das Leben ist nichts für Luschen. Alles ist solange easy, bis Dir das Schicksal kräftig auf die Fresse haut und Du Dich aufs Mett legst. An Konflikten, Stress und Ärger herrscht kein Mangel und der Mensch wächst daran. Also: Wieder aufstehen, den Staub von den Klamotten klopfen und weitermachen. Anbei eine kleine Wahrheit, die im Buchpreis inbegriffen ist: Du bist das, was Du daraus machst. Verantwortlich bist Du ganz alleine. Der Wahrheit die Ehre: Manche haben es leichter, weil sie einfach mit dem sprichwörtlichen „Goldenen Löffel" im Mund zur Welt kamen. Na und? Was solls. Hau rein und schmiede Dir Deinen eigenen Löffel. Du hast es in der Hand. Viel Glück dabei und sei ein guter Schmied. Möge die Macht mit Dir sein und das Schmiedefeuer stets in Dir pyroklastisch heiß lodern. Und nun zurück zu „*einer von 300 Millionen*".

Nachdem es nun dieser klitzekleinen Pseudo-Computermaus gelungen war, via heftigstem Schwanzgewirbel zur Eizelle vorzudringen und sie zu befruchten, herrschte erst einmal verhältnismäßige Entspannung in Deinem noch jungen Leben. Nach 9 Monaten bei moderaten Temperaturen, regelmäßiger Verpflegung und gelegentlichen akustischen Untermalungen from Outern Space kam es zur ersten wirklich unschönen Episode: Deiner Geburt. Du ahntest nicht Böses und wurdest durch so einen blöden, engen Tunnel brutal und schmerzhaft in eine kalte, unfreundliche und grelle Welt gepresst. Rückweg ausgeschlossen und keine Reklamationsmöglichkeit. Als Ausgleich bekamst Du ein warmes Tuch, im Optimalfall reichlich Knuddeleinheiten, gleich zwei Angebote für Milchversorgung nebst reichlich oralen Spaß sowie die Entscheidung anderer verpasst, künftig primär blau tragen zu müssen. Jungs tragen immer blau. Ab diesem Moment waren Dir viele Entscheidungen abgenommen und etliche Vorgänge in Deinem Leben vorprogrammiert. Du wurdest weniger geknuddelt als ein Mädchen, denn Jungen mussten ja auf ein hartes Leben vorbereitet werden. Irgendwie ungerecht…aber was ist schon fair?

> **Ist mir wurschtegal, wie alt ich bin!**
>
> **ICH WILL MEINEN ADVENTSKALENDER!!!**

Echte Männer und das Kind im Manne

Gut, dass wir das Kind in uns am Leben halten. Trotz aller Erfahrungen aus der Vergangenheit.

Hast Du mal reflektiert, wie Deine frühen Jahre verlaufen sind? Fremdbestimmt ist gar kein Ausdruck. Für alles gab es Entscheider. Kleidung, Verpflegung, Spielzeuge und Umgang...Deine Eltern, primär Mutti, machten das alles klar für Dich.

Rigide Reinlichkeitserziehung vom Toilettentraining (Gern genutzter Fachbegriff „AA") bis zum mehrfachen Zähneputzen (Karius und Baktus), Verhaltensanweisungen wie *„Bohr nicht in der Nase!"* (Warum eigentlich nicht? Das macht Spaß!) oder *„Iss den Teller auf!"* (Wie in aller Welt? Der ist aus Keramik!) oder *„Nun lass doch mal den Heiko mit Deinem Auto spielen!"* (Warum eigentlich? Das ist MEINS, du blöde Kuh!) raubten Dir den letzten Nerv. Wenn Dir der lästige Nachbarsbengel wieder mal eine gezimmert hatte, dann durftest Du nicht zurückkloppen. Mutti wollte das nicht. Man wehrte sich mit Worten. Klar. Als ob Worte jemals geholfen hätten, wenn der Depp auf Dir drauf saß und fröhlich Watschen spendierte. Rot und Rosa blieben Dir verwehrt. Auch beim

Roller, den Rollschuhen, dem Fahrrad und vor allem der Unterwäsche war alles korrekt männlich koloriert. Spielzeuge für Jungs waren Autos, Plastikwerkzeuge, Legos, noch mehr Autos und vielleicht sogar eine Lokomotive. Ein Kuschel-Teddy war gut. Doch bloß nicht übertreiben. Sonst wird der Junge nur verzärtelt. Aber: Prügeln verboten. Siehe oben. Man bemerke den Widerspruch: Entwickle Dich zum Mann, aber untersteh Dich, Dich wie einer zu verhalten.

Propeller-Mom kreiste wie der ADAC über Dir und war megafürsorglich. Alles war gut, wenn sie sich nicht überproportional einmischte, auch, wenn sie es nur gut meinte. Mütter meinen es in nahezu allen Fällen gut. Allerdings aus der Frauenperspektive.

Keine Frau ist auch nur annähernd in der Lage, Männerinhalte zu vermitteln. Sie verstehen es einfach nicht. Also machen wir ihnen daraus keinen Vorwurf. Umgekehrt geht es Vätern mit Töchtern ähnlich. Eigentlich sind Männer und Frauen inkompatibel. Aber wie so oft im Leben: Es geht nicht miteinander…aber ohne macht auch keinen Spaß. Wie auch immer. Da muss man durch.

Deine frühen Jahre waren insgesamt freundlich und gut zu ertragen. Gute-Nacht-Geschichten machten noch Spaß. Sandmännchen, Ernie und Bert, das Krümelmonster und Dein Teddy waren die besten Weggefährten, die Du Dir nur wünschen konntest. Sesamstraße, Löwenzahn und die Sendung mit der Maus zeigten Dir, dass die Welt voller spannender, wunderbarer und aufregender Dinge war. In Dir wuchs die Hoffnung auf mehr und plötzlich stand der erste echte glorreiche Tag der echten Freiheit in Gestalt des Kindergartens vor Deiner Tür.

> **Früher: Drei Kinder spielten im Sand. Heute hat eins eine Sandphobie, eins Allergie und eins darf nicht wg. Religon!**

Echte Männer im Kindergarten

Es musste ja so kommen. Peter Löwenlustig hatte eindeutig gelogen. Und auch auf die Sendung mit der Maus war nicht wirklich Verlass gewesen. Selbst in der Sesamstraße herrschten offensichtlich andere und fröhlichere Verhältnisse als in einer deutschen Verwahranstalt für Kinder im Vorschulalter.

Da freute man sich auf den ersten Tag im Kindergarten. Spiel, Spaß, Spannung und Abenteuer. Und dann war alles irgendwie total daneben.

Die (selbstverständlich) Kindergärtner*innen* Fräulein Honigtau und Frau Grätzig machten Dir gleich mal klar, was Jungen zu gefallen hat. Es begann schon beim Essen. Müsli statt Schnittchen und die möglichst ohne Wurst, dazu die vegetarischen Pflichttage mit Kost aus der Gemeinschaftsküche, weil das ja so gesund sein soll. Und dann auch noch Salat. Unglaublich. Und wehe, Du hast nicht happy auf Deinem Sojawürstchen rumgekaut. Tolle Wurst.

Anbei eine kleine Bemerkung: Auch, wenn sich am Trend zur veganen Mangelernährung in den Kindergärten nichts geändert hat, so gibt es doch Ausnahmen. Die passende Konfession vermag hier Berge zu versetzen. Wer aus religiösen Gründen seinen Döner mampfen muss, der hat eben Glück gehabt. Knoblauchwurst aus Halal-gemordetem Rind – ja. Wurst aus Schwein – nein. Dieser Rundenvorteil gilt nur für die osmanischen Kollegen.

Deutsche Kinder haben sich gefälligst anzupassen. Ich zum Beispiel gehöre einer Glaubensgemeinschaft an, die neben heidnischen Bräuchen großen Wert auf Wildschweinbraten legt. Auch Rind und Huhn haben ihren wohlverdienten Stellenwert. Da bin ich tolerant. Aber im Kindergarten hätte ich wohl schlechte Karten. Zurück zum Thema.

Wie war das damals doch gleich mit Action? Bevorzugt waren Indoor-Aktivitäten. Wozu denn Dreck reinschleppen? Bilder malen ging ja noch. Ärgerlich war die Motiv-Auswahl. Niemand malte einfach so, was der jungen Künstlerseele vor die Flinte kam. Frau Grätzig bevorzugte Blüm*chen*, Vögel*chen*, Bäum*chen* und Eichhörn*chen*. Autos? Raketen? He-Man? Fehlanzeige. Es kommen keine politisch inkorrekten Motive auf einen deutschen Kindergarten-Malblock.

Stricken und Häkeln? Och nööö. Das ist Mädchenkrams. Gibt es nichts anderes? Basteln mit Holz wäre doch was. Gebt mir Werkzeuge. Sägen und Hämmern ist das Nirwana für den aufstrebenden Jungmann und Heimwerker. Wie? Das macht nur Dreck? Ja und? Das soll es doch auch.

Also gut. Dann machen wir eben etwas noch tolleres. Töpfern. Ton…das matscht so schön. Ah? Matsch ist nicht gut? Zu schmutzig? Gehen Fingerfarben? Besser nicht. Tusche muss reichen. Buntstifte. Oder noch besser Aktivitäten völlig ohne Schmutz. Dann singen wir doch lieber einige kreative Kinderlieder lustiger linker Berliner Kinderliedermacher.

Und dann nehmt Euch bitte mal ein Beispiel an den Mädchen. Die sind immer so ordentlich. Auch tut es einem Jungen gut, mal mit Puppen zu spielen. Selbst wenn er sich ein Auto mitgebracht hat. Immer diese Bengel.

Die Ernüchterung hinsichtlich der Realität war mindestens ebenso groß wie Frau Grätzigs Ablehnung bezüglich der Dinge, die echt cool und spaßig waren. Aber es bestand Hoffnung. Hinter dem Kindergarten, in weiter Ferne, existierte ein gelobtes Land des Wissens und der Entfaltung: Die Schule.

In der Schule ist alles toll. Wie in der Sesamtstraße, bei der Sendung mit der Maus und bei Peter Löwenlustig. Dort gibt es Spiel, Spaß, Spannung und Abenteuer. Dazu reichlich Wissen, Experimente, Kunst und Sport. Heutzutage bedeutet Schule auch den hemmungslosen Einsatz von Multimedia.

Kein ABC-Schütze ist mehr ohne Smartphone oder PC. Spicken im Internet. Ballerspiele unter der Schulbank. Kurznachrichten per SMS. Endlich Anerkennung von den „Großen", wenn man das „richtige" Handy vom Weihnachtsmann bekommen hat. Designerklamotten, wenn es sich die Eltern leisten können. Fastfood aus der Schulmensa. Dem doofen Klassenstreber mal so richtig den Marsch blasen. Alles wird gut in der Schule. Oder?

wier prauchen keine
Leerer,

wier sint schon selper
schlau!

Echte Männer und die Schule

Willkommen im Boot-Camp oder auch: Du erkennst
ein Volk daran, wie es mit seinen Kindern umgeht.
Der Irrsinn beginnt 06.00 Uhr morgens in Deutsch-
land. Der Dreckswecker rappelt. Die jugendliche
Hoffnung des Landes quält sich nach gefühlten 1.000
Weckrufen bei grellem Licht und militärischem Ge-
brüll der Lagerkommandantin aus dem noch warmen
Nachtlager. Natürlicher Schlafrhythmus? Individuelle
Bedürfnisse? Alles Quark. Wenn das Land ruft, hat
der Untertan Folge zu leisten.
Jeder kennt den Unterschied: Manche Menschen, die
„Lerchen", sind morgens um 6.00 fit wie ein Turn-
schuh, gehen aber gern um 22.00 ins Bett. Die „Eulen" hingegen sind vor 9.00 kaum ansprechbar, blühen
aber ab 21.00 so richtig auf. Extreme Lerchen gehen
dann ins Bett, wenn die extremen Eulen aufstehen.
Der Schlaftyp bestimmt die sinnvollen Zeiten für Ak-
tivität und Ruhe im Laufe des Tages. Die Verteilung
der Schlaftypen ist weltweit identisch: Sie folgt einer
Gauß`schen Kurve mit entsprechenden Extremen an
beiden Seiten.

Befragungen zeigen erwartungsgemäß große Unterschiede im Umgang mit Arbeitstagen und freien Tagen. In der Arbeitswoche häufen die Eulen eine Schlafschuld an, die an den freien Tagen durch vermehrten Schlaf kompensiert wird. Die Lerchen hingegen schlafen bevorzugt gleichmäßig lange sowohl in der Arbeitswoche als auch am Wochenende.

Eulen haben ein Problem: Sie leben offensichtlich in der Arbeitszeit gegen ihren Rhythmus und gewöhnen sich auch nicht daran.

Im Urlaub haben die Eulen den Partybonus. Eine Fete nach der anderen. Lerchen hingegen schlafen sowohl im als auch außerhalb des Urlaubs insgesamt länger. Keiner weiß bisher, woran das eigentlich liegt. Der Unterschied zwischen Lerchen und Eulen liegt an der inneren Uhr, die sich in nahezu jedem Organismus findet. Sie ist genetisch fixiert und nicht veränderbar. Die innere Uhr synchronisiert in jeder Zelle des Körpers die Stoffwechselvorgänge. Jeder Mensch sollte aus diesen Ergebnissen vor allem eine Konsequenz ziehen: Er sollte seinen eigenen Zeittypus ernst nehmen und danach leben – verändern kann er ihn nicht. Keine Chance für schulpflichtige Nachteulen. Schülern bleibt diese Freiheit verwehrt, obwohl sie doch so hilfreich wäre.

Die meist völlig übermüdeten jungen Menschen werden also in aller Herrgottsfrühe in die Verwahranstalt für junge Untertanen getrieben. Dort werden sie brutal und gnadenlos in schattenfrei ausgeleuchteten Kasernenräumlichkeiten eingepfercht und ihrer natürlichen Verhaltensweisen beraubt. Schau nach vorne, dreh Dich nicht um, schweige, kusche, krieche und liefere auch Knopfdruck die richtigen Antworten. Der Spieltrieb, also der Motor des Lernens, ist unerwünscht. Die Strafe folgt bei Anwendung auf dem Fuße.

Wir terrorisieren unseren Nachwuchs mit Frontalunterricht. Teamwork ist ausdrücklich verboten. Wer abschreibt, betrügt. Wer andere abschreiben lässt, ebenfalls. Wer erwischt wird…nun, wir alle kennen den Unfug. „Einzelkämpfer" statt „Miteinander".

Akzeptiere, dass Du völlig unnützes Zeug eingetrichtert bekommst. Sei ein guter Papagei und spule auf Kommando alles wieder ab. Und immer schön lächeln. Bis zur Pause.

Freigang. Frische Luft. Das umzäunte, schwarz asphaltierte Kasernengelände bietet nur exerzierfreudigen Menschen ein anheimelndes Ambiente. Natürlicher Bewegungstrieb ist unerwünscht. Die Jung-Untertanen haben gefälligst leise zu sein.

Wer erinnert sich an den Film „Der Pauker" mit Heinz Rühmann? Hofgang in Kreisformation…daran hätte schon der Kaiser seine Freude gehabt. Die kurze Unterbrechung des Schreckens an der sogenannten frischen Luft der Innenstadt endet schnell. Das mentale Konditionierungs-Programm wird fortgeführt.

Gelobt sei unser aller Gott *„PISA-Studie"*. Diese Gottheit unterwirft Dich einem so nicht vorhandenen internationalen Wettbewerb. Wenn Du Dich NICHT unterwirfst, wird Deine ambitionierte Lehrkraft hartnäckig versuchen, Dich zu brechen. Wer sich nicht beugt, bekommt Spott, Häme, Tadel, miese Zensuren, blaue Briefe und Stress mit den Eltern, die als Doppelverdiener dafür knechten müssen, um all die Errungenschaften der Zivilisation zu wuppen oder einfach nur zu überleben.

Du hast also ein gutes Beispiel vor Augen, wie man es nicht machen sollte, wenn man andeutungsweise glücklich durchs Leben gehen möchte. Um es zu betonen: Bildung ist wichtig. Je mehr davon, je besser. Vorbehaltlich, dass es sich um Wissen handelt, das auch anwendbar ist oder Zusammenhänge vermittelt. Lernen ist nicht nur nützlich und bildet ungemein…nein, es kann sogar Spaß machen. Das funktioniert allerdings kaum in einem kaiserlich geprägten Unterrichtssystem, das nur dazu gedacht war, willfährige Untertanen für Wirtschaft, Verwaltung und Militär heranzuzüchten.

Der durchschnittliche „IQ" von knapp 100 ist im Dauersinkflug. Forscher gehen davon aus, dass er in den nächsten Jahren auf ca. 90 sinken wird. Wir produzieren eine Bildungsschicht, die gerade noch in der Lage sein wird, einfache Tätigkeiten auf Anleitung auszuführen. Mit etwas Glück reicht es für Fünf-Wort-Sätze und die Fähigkeit, selbständig eine Banane pellen zu können. Knapp über dem Schimpansen also. Unter der Vortäuschung eines Bildungssystems wird Dummheit erzeugt. Und alle machen mit.

Neben den fragwürdigen Lehrmethoden und nicht nachvollziehbaren Lerninhalten ist die gemischtgeschlechtliche Klasse ein weiterer Sargnagel für die schulische Ausbildung unserer Kinder. Stellen wir uns einer unbequemen Realität: Die gemischte Schulklasse ist Murx. Mädchen und Jungen lernen und entwickeln sich unterschiedlich. Es ist höchste Zeit, diese Realität zu akzeptieren.

Jungen haben meist völlig andere Ausrichtungen und blockieren die Mädchen bei der Ausübung ihres durchaus eigenen Stils und umgekehrt. Mädels führen im Reifeprozess mit bis zu drei Jahren Vorsprung. Donnerwetter. Das macht einiges aus. Und Mädchen sind pflegeleichter.

Jungen sind kleine Esel und Mädchen sind kleine Zicken. Wir, also die maskulinen kleinen Rüpel, sind impulsiver und lösen Konflikte eher durch körperliches Kräftemessen.

Das ist keine Aufforderung zu Dauerprügeleien auf den Straßen und Schulhöfen. Allerdings kann so ein kleiner, körperlich bewältigter Konflikt wahre Wunder bewirken. Das könnte aber Kinder produzieren, die sich nicht alles gefallen lassen. So etwas ist unerwünscht. Den männlichen Kindern wird der Schneid aberzogen, sich auch mal zu wehren, wenn es nötig sein sollte. Es ist völliger Blödsinn, sich auch noch auf die zweite Backe kloppen zu lassen, nachdem die erste schon was abbekommen hat. Die Opferrolle liegt uns nicht. Und damit Basta.

Jungs bewegen sich mehr als Mädels und schätzen bevorzugt sportliche Aktivitäten. Unsere beliebtesten Sportarten sind Fußball, Radfahren und actionreiche Dinge wie Skaten. Das Treffen mit Freunden ist für uns noch wichtiger als für Mädchen. Wir machen öfter Musik, besuchen häufiger Partys und chillen gern ausdauernd. Unser räumliches Vorstellungsvermögen ist besser ausgeprägt, und es fällt uns leichter, uns geografisch zu orientieren. Basteln macht Spaß. Motoren, Maschinen und anderer Männerkrams sind cool. So wie Holzhacken im Wald oder Buddeln auf dem Abenteuerspielplatz. Jungendinge eben.

Mädchen sind sprachlich versierter. Sie können sich gut in andere Menschen hineinversetzen und lernen früher lesen. Sie verbringen mehr Zeit mit Malen und Basteln. Die jungen Damen kloppen sich weniger, neigen aber zu Mobbing und Lästereien gegenüber Gleichaltrigen. Die Zeiten sind längst vorbei, in denen Mädchen lieber im Haus hockten. Sie gehen unglaublich gern shoppen, geben mehr Geld für Klamotten aus und nutzen Bibliotheken intensiver als Jungen. Mädchen lieben Tiere, die sie umsorgen können. Kuschelig und plüschig ist süß. Dazu möglichst Glitter und Feenglanz. Oder ein Pony. Nahezu alle Mädchen wollen ein Pferd. Besser noch ein Einhorn. In bunt. Jungs und Mädchen ticken unterschiedlich. Und das wird sich auch bis ins hohe Alter nicht ändern. Akzeptieren wir es und handeln danach. Insbesondere in Schulen und Kindergärten.

Es macht also den Eindruck, dass unsere Schulen und Unterrichtsmethoden alles andere als schülergeeignet sind.

Jungen wie Mädchen werden in der Kinderverwaltungswut und Gleichmacherei einem völlig unnützen Stress ausgesetzt. Anscheinend wird dabei die impulsivere männliche Fraktion noch mehr unter Druck gesetzt. Ruhige und beherrschbare Eigenschaften sind gefragt. Es ist wie immer, wenn der Mensch nach dem System definiert wird und nicht umgekehrt.

Also Jungs: Setzten wir ein Signal und uns für getrennte Klassen in den Schulen ein. Und für völlig andere Wege der Wissensvermittlung.

Team statt Einzelkämpfertum. Praxisbezogene Inhalte wären auch toll. Das wäre besser für alle Beteiligten. Und gebalzt wird dann später auf dem Schulhof. O.K.?

> **Pubertät ist DIE Zeit, in der Jungen und Mädchen sich gleichzeitig verkloppen und küssen wollen!**

Echte Männer und die Pubertät

Die Pubertät ist nichts anderes als die Umschreibung für eine ganz spezielle Form der Hölle, Hölle, Hölle. Pickel, Hormone, Bartbewuchs und andere Unannehmlichkeiten wurden anscheinend nur entworfen, um heranwachsendem Mannsvolk gepflegt die gute Laune zu verhageln. Und dann gibt es da auch noch, um den Schrecken perfekt zu machen, das andere Geschlecht. Echte Männer interessieren sich eben für Mädchen und all die Dinge, die man so mit ihnen anstellen kann. Das Leben könnte so schön sein, wenn „*Mann*" dort Kooperation vorfinden würde. Aber die wollen einfach nicht so, wie man es sich vorstellt, diese völlig anderen 50% der Menschheit.

Mädchendinge sind eben Weiberkram. Wie kann man sich nur für solches Zeug interessieren? Und dann kichern die so merkwürdig und zu völlig unpassenden Zeitpunkten. Lachen die einen jetzt an oder aus? Und wenn sie einen anlachen…wie macht man es, nicht rot anzulaufen und im Boden zu versinken?

Zuerst einmal die Beruhigungspille: Den Mädels geht es ähnlich. Die sind auch völlig durch den Wind. Und, wenn zwei Gruppen völlig irrsinniger und hormongeplagter Wesen aufeinanderprallen, kann es nur im totalen Chaos landen. Da müsst ihr durch, Jungs. Pech gehabt.

Warum sollte es den aktuellen Generationen auch anders ergehen, als es den Vorläufermodellen erging? Die eigentlichen Opfer der ganzen Nummer sind die Eltern, die sich mit diesen völlig irrsinnigen Kreaturen herumplagen müssen. Wer kennt das nicht? Der Nachwuchs hat erfolgreich wegen nichts den ganzen Haushalt auf den Kopf gestellt und den Familienfrieden zerstört. Die gnädige Frau des Hauses ist total am Ende und es obliegt dem Herrn der Höhle, die Wogen wieder zu glätten. Echte Männer stellen sich dieser Herausforderung auch, wenn sie lieber auf Bärenjagd oder zum Eistauchen gegangen wären. Jeder Extremsport ist ungefährlicher als Teenies.

Um dem Unheil aus dem Wege zu gehen, helfen nur wenige Maßnahmen. Numero Uno heißt: Kein Nachwuchs. Menschen ohne Kinder haben aber eine fatale Neigung zu Haustieren. Frauen zu Katzen und Männer zu Hunden. Die fressen einem dann die Haare vom Kopf und verdrecken die Hütte. Also völlig doof. Lass das besser. Ohne Kinder ist viel schlimmer als mit.

Numero Due ist für echte Männer: Beruhigungsmittel wie Alkohol, Hanfpfeifchen, selektive Wahrnehmung und nackte Ignoranz. Das hilft zumindest vorübergehend. Und irgendwann ist die Brut volljährig und aus dem Haus. Ich gebe Dir Brief und Siegel: DAS ist der Moment, wo sie Dir dann wieder total fehlen werden und Du Dich an die lustigen Zeiten der Pubertät und ihrer originellen Ausprägungen erinnerst und anderen, deren Blagen gerade alle Register ziehen, predigst, dass es doch eigentlich alles nicht so schlimm ist.

> **Wähle einen Beruf, den Du liebst, und Du wirst keinen einzigen Tag arbeiten "müssen"!**
>
> **(Konfuzius)**

Echte Männer und die Ausbildung

Anscheinend geht es in diesem unserem Land nicht darum, dass Menschen eine Tätigkeit ausüben, die ihnen auch Spaß macht. Hast Du mal darüber nachgedacht, was Du wirklich werden wolltest? Waren bei den eher schlichten Berufsgruppen tatsächlich Dinge dabei wie Frittenschubser bei einer Fast-Food-Kette oder Dönerschnitzer beim ehrlichen Ali von nebenan? Wolltest Du wirklich in der Tanke Komapils-Contis verkloppen? Oder Dir auf der Baustelle die Hacken abfrieren? Erfahrungsgemäß waren die ursprünglichen Wünsche, Ziele und Absichten anders. Aber dann setzten sogenannte Sachzwänge ein. Der Ausbildungsplatz war gerade frei, und bevor man vielleicht überhaupt keinen bekam, wurde halt das genommen, was so verfügbar war. Viele von Euch Jungs wussten nicht mal, was so an Perspektiven vorhanden war. Mit etwas Glück kannte jemand aus der Familie irgendjemanden, der zufälliger Weise ausbildet. Die Berufsberatung der Arbeitsagenturen schaufelte Euch vielleicht in den Schlund der Mitarbeiter-Armada der Industrie oder anderer verschleißintensiver Stellenanbieter wie den Baubetrieben, Großschlachtereien oder ins Handwerk, das angeblich goldenen Boden hat. Und auch die Jobs in Verwaltung oder im Verkauf sind selten der Hit, wenn auch etwas besser bezahlt als der des reinen Malochers. Wie Ihr es dreht und wendet…mit der allseits beliebten, ehrlichen Arbeit ist bisher niemand reich geworden. Alles Mist und weit weg von Selbstbestimmung. Echte Männer kommen nicht darum herum, ihr Schicksal selbst in die Hand zu nehmen. Es beginnt mit dem Engagement in eigener Sache. Auch, wenn man es kaum glauben mag: Bildung ist dabei förderlich. Sie hilft ungemein bei der Entscheidungsfindung und in Folge bei der Realisierung der Wünsche, Ziele und Absichten. Wer nicht weiß, was er will, der wird es auch nicht bekommen. Und wer sich nicht die Hacken dafür abrennt, ebenfalls nicht. Solltest Du also jüngeren Datums sein, lieber Leser, dann hast Du noch die Möglichkeit, diesbezüglich aktiv zu werden. Bewirb Dich um eine Ausbildung in einem Bereich, der Dir zusagt. Entgegen landläufiger Meinung musst Du nicht in einem einmal gewählten Ausbildungsberuf verharren. Verändere die Dinge, die Dir nicht gefallen.

Im Rahmen Deiner Ausbildung solltest Du Dir ein gewisses Quantum an Rebellentum bewahren. Lass Dir nicht auf der Nase herumtanzen und informiere Dich über Deine Rechte als Arbeitnehmer. Echte Männer sind nämlich schlechte Untertanen. Überlass das Schleimen den anderen Kollegen. Unabhängig davon solltest Du Deinen Job so gut wie nur möglich ausüben. Echte Männer pfuschen nicht herum und stehen zu den Dingen, die sie machen. Dazu gehören auch berufliche Pflichten. Und wie gesagt: Wenn Dir der Job nicht gefällt, dann ändere es. Sei aktiv dabei und pflege die Umsetzung Deiner Interessen.

Cocktails statt Krieg!

Armee? Nein danke!

Echte Männer und die Bundeswehr

You're in the Army now...wow wowow...in the Army...now!

Welcher Schwachsinnige hat sich eigentlich diesen Bockmist einfallen lassen? Armeen haben nur eine einzige Aufgabe: Sie bewachen den Reichtum einiger weniger und erobern gelegentlich neue Gebiete dazu, um besagten Reichtum erwähnter Minigruppen zu mehren.

Vergesst das Märchen von der Verteidigung der Landesgrenzen. Insbesondere hier bei uns in Deutschland. Als ich noch bei dem Irrsinnsverein war, kam der Feind aus Rotland und fuhr T-72 Panzer. Und damit war er klar definiert, der böse, böse Feind...der Iwan wars.

Faszierend ist, dass unser Land während der letzten tausend Jahre kein einziges Mal von Russland überfallen worden ist. Umgekehrt konnten die Russen allerlei Balalaika-untermalte Songs zum Besten geben, wie oft sich ausländische Invasoren wie die Deutschen und Franzosen die Zähne am russischen Bärenfell ausgebissen hatten.

Apropos: Die „Schule der Nation" war schon zu Zeiten ihrer Gründung ein Sammelbecken für diejenigen, die in anderen Lebensbereichen kein Bein auf den Boden bekommen haben.

Wie war das doch gleich? *„Ich stell mich dumm und geh zum Bund und werde Uffz-Valleraaaaa!"*
Na…wenn **das** die Perspektive sein soll?

Echte Männer lassen sich erstens keinen Bären aufbinden und zweitens nicht von anderen dafür verheizen, deren Wirtschaftsinteressen durchzusetzen. Die einzige Ausnahme sind diejenigen, die so obrigkeitsgeil sind, dass sie ohne den morgendlichen Anbrüller eines Unteroffiziers, der so dämlich ist, dass er nicht einmal ein Loch in den Schnee pinkeln kann, nicht mehr auskommen können.

Ausbildung und Umgang mit Waffen haben natürlich einen ganz besonderen Reiz. Schließlich hat „Mann" durch Play Station und PC ja erfahren, wie geil Kriege und wildes Rumgeballer sein können.

Die schlechte Nachricht, Jungs: In der Realität sieht die Geschichte anders aus. Und Ihr seid garantiert diejenigen, die die Nummer nicht überleben werden. Fragt mal die Familien der Bundeswehrsoldaten, die ihre Jungs per Holzkistchen mit einer lustigen Flagge darauf aus Afghanistan zurückgeliefert bekommen haben.

Hinter jedem wackeren Krieger, der mit „Hurra" nach vorne stürmt, befindet sich viele Kilometer entfernt ein General, der garantiert nicht seinen eigenen Hintern gefährdet. Und in Berlin hockt eine ehemalige schon als Familienministerin völlig überforderte Dame, die es nicht mal geschafft hat, Waffen ohne Defekte einzukaufen und dafür Milliarden an Steuergeldern versemmelt hat. Dafür rekrutiert der Barras jetzt einige tausend *„Unter-18-Jährige"*. Wofür wohl? Je jünger – je funktionaler. Jugendliche Dummheit zieht gern in die Schlacht. Wenn Ihr Euch also den Arsch wegschießen lassen wollt, liebe Freunde, dann macht das. Aber nicht für mich oder andere. Wir wollen das nämlich nicht.

Echte Männer opfern sich vielleicht für ihre Familien oder Freunde, wenn die Notwendigkeit dafür bestehen sollte. Aber sie lassen sich nicht sinnlos für die Wirtschaftsinteressen einiger weniger verheizen und hinterlassen weder verbrannte Erde noch blutgetränkten Boden.

Armee bedeutet damals wie heutzutage Krieg. Und zwar den anderer Leute. Die Wirtschaftsinteressen von Waffenexporteuren, Ölfirmen, Banken und Konzernen wiegen nun einmal erheblich mehr als das Leben von Zivilbevölkerung oder völlig unwichtigen Soldaten.

„Mann" muss schon ziemlich dämlich sein, sich Ruhm, Ehre und Heldentum als erstrebenswert verkaufen zu lassen. Ein wahrer Held rettet Menschen aus einem brennenden Haus, anstatt Häuser wegzubomben. Ein Kriegsheld hingegen bezieht ein kleines Holzkistchen, bekommt einen Gratis-Rücktransport und eine Grube in der Erde. Aus die Maus. Das wars dann.

Es gehört mehr dazu, ein echter Mann zu sein, als ohne Nachzudenken irrsinnige Befehle irgendwelcher Deppen zu befolgen. Mehr Mut benötigt da schon ein klares „NEIN". Also Jungs: Habt den Arsch in der Hose, Euch eben nicht „verarschen" zu lassen.

Studier Dein Hobby.

Dann macht Dir die Arbeitslosigkeit mehr Spaß.

Echte Männer und das Studium

Und schon wieder das Thema Ausbildung. Diesmal auf universitärer Ebene.

Faust: Der Tragödie Erster Teil

Habe nun, ach! Philosophie,
Juristerei und Medizin,
Und leider auch Theologie
Durchaus studiert, mit heißem Bemühn.
Da steh ich nun, ich armer Tor!
Und bin so klug als wie zuvor;
Heiße Magister, heiße Doktor gar
Und ziehe schon an die zehen Jahr
Herauf, herab und quer und krumm
Meine Schüler an der Nase herum –
Und sehe, dass wir nichts wissen können!
Das will mir schier das Herz verbrennen.
Zwar bin ich gescheiter als all die Laffen,

Doktoren, Magister, Schreiber und Pfaffen;
Mich plagen keine Skrupel noch Zweifel,
Fürchte mich weder vor Hölle noch Teufel –
Dafür ist mir auch alle Freud entrissen,
Bilde mir nicht ein, was Rechts zu wissen,
Bilde mir nicht ein, ich könnte was lehren,
Die Menschen zu bessern und zu bekehren.
Auch hab ich weder Gut noch Geld,
Noch Ehr und Herrlichkeit der Welt;
Es möchte kein Hund so länger leben!

Anscheinend hat sich in der Welt der universitären Gelehrsamkeit nicht allzu viel verändert, seit Magister Faustus durch seine Lebenskrise stolperte, die Seele verhökerte und letztendlich zum Teufelsbraten wurde. Manchmal kann auch ein echter Klassiker aktuell sein, gell?

Wer mehr davon lesen möchte, der investiere in die Anschaffung eines Exemplars von Goethes Faust. Wem Gedichte nicht so liegen, der begnüge sich mit dem obigen Auszug. Der sagt nämlich genug aus.

Also, lieber Leidensgefährte. Nachdem es Dir erfolgreich gelungen ist, ein Abitur Dein Eigen nennen zu dürfen, naht der Moment der Wahrheit. Ausbildung oder Studium? Das ist hier die Frage!

Weil Mutti Dir immer gesagt hat, wie wichtig doch so ein Studium ist, und akademische Würden einfach mehr Kohle bringen, hast Du den Entschluss gefasst, doch lieber weiter die Schulbank zu drücken. Die Erkenntnis, dass es an deutschen Universitäten ähnlich besemmelt zugeht wie an den Gymnasien, ist schnell gewonnen.

Schon mal vorweggenommen: Wesentliche Studieninhalte werden von den großzügigen Sponsoren der staatlichen Lehrbetriebe vorgegeben. Wenn die Pharma-Industrie Milliarden für Bildung rauskloppt, dann dafür, dass Du im Seminar erfährst, dass Hicksi-Pro gut gegen Schluckauf ist und Nervocalm besser beruhigt als andere Stöffchen. Impfen ist natürlich ein Segen für die Menschheit und gegen Krebs hilft die Chemo. Die Verfahrensweise der Vermittlung wirtschaftlich opportuner Inhalte gilt auch für alle anderen Studienbereiche mit unterschiedlichen Gewichtungen. Je reichhaltiger die Wertschöpfungsmöglichkeiten, desto höher die Sponsorengelder und desto fester die Regeln für die zu vermittelnden Inhalte. Leider kommen eben diese Mittel nicht wirklich den Studenten zugute.

Für Shopping-Kanäle im Fernsehen oder Internet muss man doch auch keine Talerchen berappen, vorausgesetzt natürlich, dass man den Müll nicht kauft. Eigentlich ist es eine Dreistigkeit, dass für die universitären Dauer-Werbeveranstaltungen für Produkte und die Vermittlung von politisch korrekten Ansichten an die Studierenden auch noch Studiengebühren erhoben werden. Aber auch die Studis und deren Eltern sind Schafe, denen man das Fell gleich mehrfach abziehen kann.

Du hast BWL oder VWL studiert? Ist die jemals aufgefallen, dass Dir niemand erklärt hat, wie Wirtschaft wirklich funktioniert? Wie Geldkreisläufe fließen? Du bekommst nur die offizielle, kleine, heile Welt vermittelt. Hast Du mal darüber nachgedacht, was Produktionsfaktoren sind? Ist Dir der Gedanke gekommen, dass es sich beim Produktionsfaktor Arbeit um DEINE Sklavenarbeit handeln könnte?

Unbequeme Wissensinhalte sind verpönt. Sonst kommt der smarte Jungmanager in spe nur auf blöde

Gedanken und hinterfragt all den Quatsch. Und da sind wir wieder voll im Thema: Echte Männer denken nach, hinterfragen kritisch, stellen die Sinnfrage und lassen sich keinen Bären aufbinden. Also raus aus der gymnasial reingedroschenen Untertanenrolle, dem blinden Kadaver-Gehorsam der Bundeswehr und der kreuzdevoten Verhaltensweise, die im Ausbildungsbetrieb so sehr geschätzt wurde.

Junge…mehr Arsch in der Hose ist höchstens aus Diätgründen unerwünscht. Universitäten wurden nicht erfunden, um ausgerechnet **Dich** mit Wissen zu versorgen, damit **Du** auf dumme Gedanken kommst. In den Läden werden Untertanen gezüchtet, die hinterher der Wirtschaft zu dienen haben. Beachtet die Vokabel „*dienen*". Wer brav ist, bekommt vielleicht sein Leckerli. Wer nicht brav ist…oi!

Nur mal so dahingesagt: Studieren hat auch einen gewissen Reiz. Die Chance auf einen besser bezahlten Job gibt es durchaus. Auch die Partys an der Uni sind legendär. Aber was auch immer Du tust oder unterlässt: Beende das reine „*Funktionieren*". Lass Dir kein X für ein U vormachen. Es gibt keine Geschenke und schlimmsten Falls verlierst Du nicht nur Deine *Cojones,* sondern alle Freiheiten, die Du jemals hattest haben wollen.

Anbei: Wir haben über acht Millionen Hartz-IV-Empfänger im Lande. Ein nicht unerheblicher Teil davon hat studiert. Ein absolviertes Studium ist aber noch lange kein Garant auf die erhoffte Karriere danach. Dazu gehört mehr. Und genau dazu kommen wir jetzt.

Ich gebe bei der Arbeit immer 100 %!

15% Montag,
20% Dienstag,
30% Mittwoch,
30% Donnerstag,
5% Freitag.

Echte Männer und der Beruf

Nun ist es also soweit. Du hast Deine Ausbildung beendet, festgestellt, wie doof die Bundeswehr ist, Dein Studium abgeschlossen oder vielleicht auch nichts davon alledem hinbekommen.

Beginnen wir damit: Nichts hinbekommen zu haben bedeutet, dass Du Dich selbst verarscht hast. Da helfen nur noch wenige Dinge: Sozialhilfe beziehen und dauerhaft auf den Latschen kauen oder wieder von vorne anfangen.

Thema Sozialhilfe: Auch ein Leben ohne Karriere will gelernt sein. Asiatische Bettelmönche beweisen, dass es auch ohne Wohlstand geht. Allerdings legen die auch keinen Wert auf das neue Smartphone, ein Auto, Fernsehen und gelegentlichen Urlaub. Sozialhilfeempfänger leben deutlich kürzer als Akademiker. Der Lebensstil fordert seinen Tribut. Aber das hat jeder selbst in der Hand. Du entscheidest Dich also besser für „zurück auf LOS" und legst erneut los.

Wenn Du den Neustart gewählt hast: Bildung ist elementar wichtig. Also bilde Dich sowohl *grundsätzlich* als auch *weiter*. Du kannst bei dem Spiel nur gewinnen, wenn Du die Spielregeln verstehst. Dazu kommt dann noch hartnäckiger Einsatz, der Wille zum Erfolg, eine gute Planung und Arbeit, Arbeit, Arbeit.

Die Erfahrung zeigt, dass oftmals ein Zusammenhang zwischen beruflicher Karriere, Einkommen und dem getätigten Arbeitsaufwand besteht.

Aufs Siegertreppchen kommt nur derjenige, der ein wenig besser und engagierter ist als die breite Masse, die sich mit Dienst nach Vorschrift begnügt. Hartnäckigkeit zeichnet sich aus. Zielstrebigkeit ebenso. Echte Männer wissen sowohl wer sie sind, als auch was sie wollen. Danach werden die Ärmel hochgekrempelt und los geht's. Merke: Von nichts kommt nichts!

Orientiere Dich an den Jungs, die es hinbekommen haben. Frage nicht diejenigen, die Dir erzählen, wie es nicht geht. Wenn Dir Mr. Hartz-IV erklärt, wie man erfolgreich wird, dann solltest Du mal dringend überprüfen, ob die Quellenauswahl nicht noch optimiert werden könnte. Es gibt immer „Experten", die nichts können, aber schlau daherreden. Wenn Du ein Haus bauen willst, dann holst Du Dir doch Deine Ratschläge nicht beim Metzger oder Blumenbinder. Und wenn Du auf Nummer sicher gehen willst: Befrage niemals Lehrer. Das sind diejenigen, die anscheinend vom Beruf her das gesamte Wissen der Welt für sich gepachtet haben und sich in absolut allem auskennen. Deshalb sind sie auch so ungemein erfolgreich.

Echte Männer erkennen ihre Unzulänglichkeiten und Defizite und halten sich an die, die es bereits können. Merke: Lerne von den Besten und höre nicht auf Idioten, Dilettanten oder Vollpfosten.

> # Arbeit?
>
> # Überbewertet. Ich bin eher der Freizeittyp!

Echte Männer und die Freizeit

In der Tat…Männer wissen den Wert der Freizeit zu schätzen. Männer sind definitiv die Helden der Freizeit. Hast Du schon mal ein Löwenrudel bei der Arbeit gesehen? Das Weibsvolk stellt der Beute nach und der Herr der Savanne liegt im Schatten und verfolgt das Spektakel mehr oder weniger amüsiert. Er erscheint dann, wenn das Essen fertig ist. Wir könnten so viel von der Natur lernen.

Es gibt so viele Dinge, die sich auf die Beine stellen lassen; vorbehaltlich der Fernseher mit der mindestens 50 Zoll Diagonalen spendiert das geeignete Programm. Fußball…immer eine tolle Sache. Vor allem, wenn Du, Herr der gepflegten sportlichen Unterhaltungs-kultur über den Fernseher mit Deiner Favoritenmannschaft kommunizierst und den Jungs mal erzählt, wie der Quatsch richtig gemacht wird.

Oder aber…Du siehst ein, dass diese Couch-Potato-Nummer alles aus Dir macht, aber keinen echten Mann. Chillen mag ja ganz nett sein. Aber es macht doch erheblich mehr Freude, wenn es ein gruppendynamisches Erlebnis mit den Kumpeln wird. Der Mann hat mehr Spaß, wenn er nicht allein ist. Ob der Besuch einer Sportveranstaltung, Kartenspiel, Bowling, Darts, Bogenschießen oder gepflegter Schwertkampf: Männer mögen Action. Es ist wie beim Sex. Zuschauen mag ja ganz witzig sein…aber der Mann von Welt poppt lieber selbst.

Echte Männer brauchen den Geruch von glimmender Holzkohle, das Aroma von knusprigen Steaks, das Zischen von Bierchen und allerlei lustige Schabernack-Dinge, welche die rare Freizeit noch schöner machen, als sie es eh schon ist. Also hoch mit dem Astralkörper und rein ins Vergnügen. Auch beim Grillen kann man Chillen. Nimm Dir ein paar Spielzeuge mit. Zielscheibe, Pfeil und Bogen, Wurf-Äxte, Messer oder ähnliche Artikel männlicher Kulturgeschichten machen einfach Freude. Und ja…auch, wenn es vielleicht kindisch ist: Du darfst auch mit dem ferngelenkten Flugzeug, Auto, Heli oder dem guten alten Lenkdrachen spielen. Das machen wir nämlich alle gern.

Sollte Dir mehr nach Musik sein: Die nächste Metal-Gruppe steht irgendwo schon bereit, um Dein Herz mit Freude zu erfüllen. Stadtfeste mit Open-Air-Bühnen und Billigbier in Strömen sind nur dazu gemacht worden, um Männerherzen zu erfreuen und ihnen die Möglichkeit zu bieten, hochgradig bezecht Kontakte zum anderen Geschlecht zu knüpfen. Leider besteht beim Flirten im Suff die Gefahr, Dinge mit nach Hause zu bringen, die man hinterher bereut.

Denke daran, wenn Du über männlichen Nachwuchs verfügen solltest, diese Erkenntnisse weiterzugeben und mit gutem Vorbild voran zu gehen. Jede neue Generation benötigt einen erfahrenen Ausbilder, der sich seine Sporen in männlicher Freizeitkultur verdient hat. Darauf hoch die Tassen und hau wech den Scheiß.

> **Ich bin kein Mann wie all' die anderen.**
>
> **Ich bin viel schlimmer!**

Echte und andere Männer

Es steht leider Gottes völlig außer Frage, dass es auch Männer gibt, die keine echten Männer sind. Dazu gehören die Jungen, mit denen in der Schule keiner spielen wollte, weil sie seltsam, blöd, dämlich, Streber, Brillenträger oder schlimmer noch Mädchenfreunde waren. Aber es besteht Hoffnung. Jeder noch so weiche Obersoftie kann sich emanzipieren, eine Investition in Jeans, Flanellhemden, Billigpilsener und einen Grill riskieren und mit anderen Jungs Spaß haben. Du als Mann, lieber Mitstreiter, hast eine gewisse Verantwortung gegenüber den nicht ganz so echten Männern und solltest ihnen bei der Entwicklung ihrer Potentiale helfen. Aber es ist nicht allen zu gleichen Teilen gegeben. Auch, wenn meine Seele jetzt brüllend in mir Salti schlägt: Wenn ein Mann beschließt, lieber im Kleidchen herumzulaufen, sich zu schminken, Rouge oder ähnliches aufzulegen und laut gackernd oder kichernd hinter anderem Mannsvolk herzurennen, so mag er es tun. Wir sind da tolerant. Und wir haben uns alle beim Schuh des Manitus weggebrüllt, als Winnetouch die Puder-Rosa-Ranch besucht hat.

Es ist auch völlig vertretbar, wenn Männer süße Cocktails in sich reinschütten. Aber wo es endgültig aufhört ist, wenn sich der Herr der Schöpfung zur Maniküre, Pediküre oder Kosmetik-Uschi begibt, damit irgendein auf androgyn stehendes Mädel schrille Laute des Entzückens ausstoßen kann.

Weiter geht es mit der Haartracht. Frisur ist nicht gleich Frisur. Damit es gleich mal angesprochen wurde: VoKuHiLa geht überhaupt nicht. Und was ebenfalls nicht geht, das sind künstliche Löckchen, Dauerwellen, Minipli oder sonstiger Unfug. Es wird irgendwo noch einen Figaro geben, der nicht mit massivem Hüftschwung und Prosecco-schlürfend durch den Salon ärschelt und seine blonde Mähne zum Klang von Marianne Rosenberg shaked. Ein guter alter Pleonasmus: Schwule Friseure. Die stehen nämlich auch auf echte Männer...je männlicher, je lieber. Da wird dann onduliert, bis die Heide wackelt. Aber nicht bei Dir, klaro? Besonders schlimme Ausprägungen dieser Phänomene sind bei Boygroups anzutreffen. Auch, wenn die Teenie-Mädels auf Tokyo-Hotel und andere abgefahren sein mögen...für eine Funktion als echte Männer ist dort das notwendige Potential nur in homöopathischen Dosen vorhanden.

Es besteht immer ein Fünkchen Hoffnung: Talent zum echten Mann zeigt sich bei manchen erst im Krisenfall. Was solls. Nobody ist perfekt. Wichtig ist, dass die Saat ausreichend weiträumig verteilt wird. Echte Männer werden immer weniger und Du, mein Freund und Leser, bist in die Pflicht genommen, den Fortbestand der Art zu gewährleisten. Also bemüh Dich...ich zähle auf Dich.

Wir hatten früher nichts...außer:

Spaß, guten Kumpels, Schwimmbad, Eis am Stil, Sportplatz, Kino, Flipper und Tarzan!

Echte Männer und Nostalgie

Früher war alles viel besser. Und bei kritischer Betrachtung war es das wirklich. Die Umwelt war weniger strapaziert, es gab kaum Allergien, die Politiker waren scheinbar nur doof und nicht so brandgefährlich, wie sie es heute sind. Die Gnade der frühen Geburt spendierte uns Dinge wie Flipper, Peanuts, die Familie Feuerstein, Tarzan, Startrek, Starwars, Leckmuscheln, Ufo-Eis, Spaß im Freibad und übersichtliche Spielzeugwünsche.

Ein Fahrrad - das war noch was Reelles. Wir waren dauernd an der frischen Luft, gern auch mal in der Bücherei. Ein Kinobesuch war etwas Tolles, im Fernsehen gab es eine Sendung am Tag und am Wochenende vielleicht zwei.

Zeltausflüge, Abenteuerspielplatz, alte Fabrik-anlagen...die Welt war ein einziges, große, buntes Wunderland. Handys? For what?

Kurzum...ich will eine Zeitmaschine und zurück ins Zeitalter echter Männer und suche noch Mitreisende.

**Bier? Toll!
Frauen? Toll!**

**Frauen, die Bier
mitbringen? Perfekt!**

Echte Männer und ihre Hobbys

Anscheinend ist es wirklich so. Männer haben immer
nur Männerkrams im Kopf. Es beginnt mit Bier und
endet mit Frauen. Die Polarität kann je nach Bedarf
und Situation auch umgekehrt sein. Männer lieben
kämpferische oder technische Hobbies.

Dass die Spielsachen von Männern mit zunehmendem
Alter immer teurer werden, ist eine bekannte Tatsa-
che. Dazu kommt, dass uns die Hobbies auch ganz
enorm wichtig sind. Oftmals ist es eine Status-Frage.
In alten Zeiten, als das Männer-Leben noch aus der
Jagd und den Kämpfen Mann gegen Mann bestand,
gab es weder Zeit noch Kraft für Hobbies. Aber heutzutage verbringen die meisten Männer den Ernst des
Lebens in Büros, an langweiligen Maschinen oder mit
anderen monotonen, sinnlos anmutenden Tätigkeiten.
Die "echte" männliche Betätigung braucht ein anderes
Spielfeld, um sich zu entfalten. Der Begriff *"Spielfeld"* ist dabei oft wörtlich zu nehmen, denn die Be-
geisterung für Ballspiele, die in Mannschaften ausge-
führt werden, ist ganz besonders verbreitet.

Millionen von Männern leben für den Fußball. Dabei ist es nicht so, dass all diese Männer aktiv spielen. Den meisten reicht es, anderen Typen beim Ballspielen zuzusehen.

Fußball und andere Ballsportarten bieten genau das, was Männer lieben: Klare Hierarchien, harte Machtkämpfe und Sieger. Männer sind vernarrt in ballistische Elemente. Irgendetwas muss mit viel Schwung woanders hin befördert werden. Dazu eignen sich Bälle ganz hervorragend. Sie sind die weiche, abgerundete Form des früheren Jagdspeers.

Natürlich ist nicht jeder Mann vom Fußball begeistert, es gibt auch andere Sportarten, die Männerherzen höher schlagen lassen: Beispielsweise Marathonlauf, Schwimmen, Tennis, Radfahren und ganz besonders den Motorsport. Dort kommt zum Big Fight auch noch die Liebe für teure Technik hinzu. Daher ist das Auto vieler Männer allerliebstes Baby.

Viele Männer, die im Haushalt nicht einmal ihren Teller in den Geschirrspüler räumen würden, waschen jeden Samstag ausgiebigst ihr "heiligs Blechle" mit extremer Sorgfalt.

Natürlich liebt nicht jeder Mann Autos. Andere lieben ihr Rennrad, ihre Stereoanlage, die Werkzeugsammlung, Schallplatten oder die elektrische Eisenbahn. Lieblingsobjekte werden mit großer Inbrunst gehegt und gepflegt. Der Unterhalt dieser „Dinge" ist meist teuer und der regelmäßige Zukauf von Zubehör scheint dringend erforderlich.

In der Steinzeit waren die Vorliebe für gute Kämpfe und die Sorgfalt im Umgang mit Werkzeugen und Speeren von großer Bedeutung für das Überleben des ganzen Stammes. Diese Eigenschaften sitzen zutiefst in der Seele der Männer.

Wenn wir uns also auch heute noch den kämpfenden Sportarten und technischen Spielereien widmen, dann ist das eine ganz natürliche Folge der Evolution und wir bleiben unserem ureigensten Wesen treu.

Wehe, wenn Frau auf unsere Hobbies eifersüchtig ist und nicht einsieht, wie enorm wichtig sie für einen echten Mann sind. Der Killersatz: "Liebst du dein Auto (wahlweise durch andere Begriffe zu ersetzen) mehr als mich?" verdient entweder eine durchschaubare Lüge oder die schmerzhafte Wahrheit als Antwort. Wozu sich diesem unnötigen Stress aussetzen? Besser ist es, wenn Gnädigste dezent im Hintergrund bleibt oder als freundliche Unterstützung der Hobby-Tätigkeit beispielsweise durch das Anliefern von leckeren Schnittchen mitwirkt. Das mag reichen. Lobenswert ist es, wenn die Gnädigste eigene Hobbies und die möglichst anderen Ortes pflegt. Schlage ihr doch Treffen mit Freundinnen, Filmabende, Kulturveranstaltungen, ein spannendes Buch oder eben alles andere, was Spaß macht, vor. Fazit für die Frau: „Vergleiche nie die partnerschaftliche Liebe eines Mannes mit der Liebe zu seinem Hobby. Das Ergebnis wird fast immer schmerzhaft sein, selbst wenn der Mann seine Frau noch so sehr liebt."

Zurück zu Dir, echter Mann:

Vermittle der Gnädigsten, dass die typisch weiblichen Hobbies wie Handarbeiten, Kulturveranstaltungen, Kaffeeklatsch und das Schmücken des Zuhauses sind für die meisten Männer genauso unverständlich wie umgekehrt die Autobegeisterung o.ä. der Männer sind. Anbei noch ein Hinweis:

Nestbau und Kommunikation sind wichtige Bedürfnisse von Frauen, die sie bereits in der Steinzeit entwickelt haben. Hier gilt: Einfach gewähren lassen.

Sport gibt Dir das Gefühl, dass Du nackt erheblich besser aussiehst.

Alkohol übrigens auch!

Echte Männer und der Sport

Sport bedeutet für Männer so viel wie Trainieren fürs Ego. Ein Beispiel: Atme mal versuchsweise tief ein und aus und entspanne Dich. Nun setzt Du sich auf und begibst Dich in den Kopfstand. Konzentriere Dich auf die Atmung. Bei dieser Yogaübung geht es um das Gleichgewicht, geistige Stärke, innere Klarheit und dem Wohlfühlen an sich. Eigentlich eine schöne Sache. Trotzdem mögen Männer keinen sogenannten Gesundheitssport.

Dabei haben wir es durchaus nötig. Oder vielleicht doch nicht? Männer leben statistisch 6,7 Jahre kürzer als Frauen. Zwar machen wir Sport wie verrückt, aber anscheinend ohne förderliche Resultate. In den meisten Sportvereinen sind mehr als zwei Drittel der Mitglieder Männer. Sie bilden Laufgruppen, spielen Fußball oder Tennis mit Leuten, die sie kennen und messen sich miteinander.

Offensichtlich geht es uns Männern beim Sport um Wettbewerb und darum, uns mal ordentlich abzureagieren. Sowie die Vereine mit Gesundheitsmotiven werben, suchen wir das Weite. So verliert die Branche eine wichtige Zielgruppe.

Es bringt nichts, uns Männern die gesundheitlichen Vorteile des Sports zu beschreiben. Wir wollen den Kampf und uns beweisen.

Das ist nur einer der Gründe, warum echte Männer nicht in knallbunten Radlern und lustigen Schweiß-Stirnbändern aus Frottee zu Aerobic-Klängen auf Schaumstoffmatten herumhüppeln und dabei grinsen, als ob sämtliche Hämorrhoiden gleichzeitig „Aloha…da bin ich!" signalisiert hätten.

Kommt uns gefälligst nicht mit den Slogans aus irgendwelchen Frauenzeitungen wie Wellness, Health oder anderem Quark. Echte Männer suchten ein stärkeres Ego und eine trainierte Erscheinung mit gut entwickelter Muskelmasse. Es geht uns um unser Erfolgsprofil. Breitensport ist in Männerohren ein Angebot für Leute, die nichts mehr erreichen wollen oder können.

Der Begriff Gesundheitssport erinnert uns an Krankheiten, Reha, oder eine Seniorengruppe mit Betüddelprogramm. Habt Ihr mal in so eine Seniorenverwahranstalt hineingeschaut? Dorthin, wo sich olle Omis und Opis in gottgefälliger Senilität Schaumstoffbälle zuwerfen? Der einzige Lichtblick bei der Geschichte ist die neue Lernschwester, deren hübscher Hintern uns an „Dinge" erinnert, wenn sie den Ball aufhebt, an den wir partout nicht mehr selber rankommen. Seniorenanstalt heißt passiertes Essen, Schnabeltasse, Inkontinenz und geistige Dauerwarte-Schleife. Kein echter Mann mag den Gedanken an den Schwund von Potenz, an Schließmuskelversagen oder und Verlust aller anderen Dinge, die Kerlen Spaß machen.

Was wir wirklich wollten: Leistungschancen, Konkurrenz und Fitness-Programme. Wer uns Männern Gesundheitssport verkaufen will, muss uns eindeutige Fakten liefern: Beim Laufen wird die Durchblutung des Gehirns gesteigert, also macht es intelligenter. Geistige Fitness ist untrennbar von körperlicher Fitness – Sport macht also erfolgreich. Wenn wir schon nicht mehr im Kampf gegen den Säbelzahntiger oder das Wisent gewinnen können, so wollen wir doch zumindest am Arbeitsplatz eine gute Figur machen. Auch Männer legen großen Wert auf einen hohen Marktwert. Und dieser Marktwert entsteht primär durch die Anerkennung unserer Vorzüge durch die anderen Männer. Nichts gegen die Anerkennung durch Frauen. Aber die haben einen fiesen Hintergedanken…Frauen schicken Männer immer in die Gefahrenzonen. Egal ob die sinkende Titanic, Einbrecher, wilde Tiere oder Kleinzeugs wie Ratten, Mäuse, Spinnen und Eidechsen: *„Schahatz!"*
Und Schwupps - wieder mal gründlich verarscht. Kennst Du auch das Phänomen? Das Gewissen siegt und Du beschließt, zum Sport zu gehen. Aber wann? Morgens schwappt der Kaffee aus der Tasse. Geht also nicht. Zu oft sollte man es auch nicht machen. Sonst ist es ja nichts Besonderes mehr. Und dann sieht es sechs Stunden lang so aus, als ob es gleich regnen würde. Bleibt also nur noch der echte Männersport: Laufschuhe anziehen, die Treppe runter, ab in den Keller, Rumpfbeuge, Kiste Bier für ein Heavy-Weight-Lifting schnappen, Rumpf wieder strecken, die Treppe wieder hoch, Laufschuhe wieder ausziehen, ab in den Fernsehsessel, einarmiges Reißen und intensives Daumenmuskeltraining via Controller. Genug getan für heute. Das muss reichen. Alles ist gut.

Wenn mich ein Freund zum Besäufnis einläd, dann komme ich.

Freunde lässt man nicht im Stich.

Echte Männer und ihre Freunde

„*Ein Freund, ein guter Freund*" (Die drei von der Tankstelle)

Sonniger Tag! Wonniger Tag! Klopfendes Herz und der Motor ein Schlag! Lachendes Ziel! Lachender Start und eine herrliche Fahrt!

Rom und Madrid nehmen wir mit. So ging das Leben im Taumel zu dritt! Über das Meer, über das Land, haben wir eines erkannt:

Ein Freund, ein guter Freund, das ist das Schönste was es gibt auf der Welt. Ein Freund bleibt immer Freund, und wenn die ganze Welt zusammenfällt.

Drum sei auch nicht betrübt, wenn dein Schatz dich nicht mehr liebt.

Ein Freund, ein guter Freund, das ist der größte Schatz, den's gibt.

Tolles Lied...und so zutreffend. Über eine echte Freundschaft unter echten Männern geht nichts. Oder doch zumindest nicht viel. Echte Freunde sind verlässlich.

Freundschaft ist kein Begriff, der inflationär verwendet werden sollte. Echte Freundschaften sind rar und der Begriff Freund darf von einem anderen nur verwendet werden, wenn ich es ihm ausdrücklich erlaubt habe. Von wegen nur Bier trinken und Fußball spielen: Eine echte Männerfreundschaft ist viel mehr. Und sie ist vor allem um einiges beständiger als die meisten Freundschaften unter Frauen: Während die Damen sich ständig befreunden, zerstreiten und unter Tränen wieder versöhnen, überdauern die meisten Männerfreundschaften Jahrzehnte – und das für gewöhnlich ohne großes Drama. Oftmals ist die Männerfreundschaft sogar stärker als die Beziehung. Und auch, wenn die Tür zwischen zwei Freunden gelegentlich mal klemmt oder knarrt, so wird sie doch niemals wirklich verschlossen werden. Selbst, wenn man sich Ewigkeiten nicht gesehen hat, so ist doch alles plötzlich wieder wie früher. Auch mit Gehhilfe und Zahnprothese. Echte Freunde fragen auch nicht nach einem „Warum", „Wann" oder „Wo". Sie sind dann zur Stelle, wenn Du sie dringend brauchst. In der Kürze liegt die Würze? Nicht bei Männerfreundschaften.

Die meisten Männer lernen ihren besten Freund bereits vor oder während der Schulzeit kennen. Da sage noch einer, Männer könnten nicht treu sein!

Anders als in den Bussi-Bussi-Freundschaften vieler Frauen ist bei den Herren die Freundschaft nicht sofort beendet, wenn man mal anderer Meinung ist. Allerdings reden die Männer auch deutlich weniger miteinander – das könnte der Vorbeugung von Streit durchaus dienlich sein. Eine echte Männerfreundschaft liefert eben weniger Geseier und mehr Qualität Männerfreundschaften funktionieren auch deshalb so gut, weil sie keiner stört, indem er permanent alles durch- bzw. ausdiskutieren muss. Das ist ja auch nicht nötig, so ganz ohne Frauen. Die meisten Männer leben nach dem Motto „Wenn ich nichts sage, wird auch nichts Schlimmes sein".

Das versteht allerdings auch nur ein anderer Mann. Also: Stundenlang nebeneinander schweigend sein Bier zu trinken ist kein Zeichen von Langeweile oder Desinteresse, sondern von wahrer Freundschaft. Ein paar gepflegte DVDs können so eine Männerveranstaltung ebenso abrunden, wie der eine oder andere Whiskey, Chips und Flips.

Schlimm ist es jedoch, wenn Hormone ins Spiel kommen und Gnädigste die Bildfläche betritt. Dilemma. Dann muss eine Entscheidung getroffen werden. Die Mehrheit von uns Männern würde für ihren besten Kumpel eine Frau versetzen. Das sagt doch schon einiges darüber aus, wie wichtig Freundschaft für die meisten Männer ist.

Dies wird noch deutlicher, wenn man bedenkt, dass jeder dritte Mann einem Freund ein Organ spenden würde. Gerade das wird allerdings in vielen Beziehungen zum Streitthema: Die meisten Frauen rechnen gar nicht mit einer solchen Präsenz des besten Freundes. Merken Sie schließlich, dass sie nicht immer die erste Geige spielen, kracht es richtig im Getriebe.

Studien haben ergeben, dass Männer und Frauen nur wenige gemeinsame Interessen und daher auch nicht viel Gesprächsstoff haben. Es ist faszinierend, dass Beziehungen trotzdem funktionieren. Dennoch ist es doch für jeden Mann beruhigend, noch einen Kumpel zu haben, der eben diese Interessen teilt und mit dem man über alles reden kann (oder auch nicht).

Frauen sollten das besser akzeptieren lernen, anstatt Eifersuchtsszenen hinzulegen. Mal so ganz unter uns, mein Freund: Wenn „Mann" die Fußballergebnisse mit seiner Liebsten diskutieren würde, wäre die auch nicht glücklicher, oder? Also halten wir uns als echte Männer die emotionale Hütte sauber, wie es sich gehört.

Für den beziehungsinternen Frieden werden allerdings gelegentliche gemeinsame Unternehmungen im Sinne der Neigungen der Gnädigsten empfohlen. Da müssen wir dann durch, für Volk, Vaterland und den Seelenfrieden. Hurra.

Nachdem die wahre Freundschaft unter Männern nun ausreichend belobhuldelt wurde, ist es an der Zeit für eine weitere Männerdomäne. Hier geht es noch um ein echtes Männerabenteuer. Wir reden über Zigarren, Whiskey, Bier, Adrenalin, Sonnenbrillen, den stechenden Blick des Gegners, Bluff und Spannung pur. Wir reden sowohl über den innerlichen Angstschweiß wie auch über den auf der Stirn.

Sicherlich gibt es in dieser Männerdomäne auch engagierte und erfolgreiche Damen der Schöpfung. Das ist legitim, allerdings eher als Ausnahme zu werten. Es gibt schließlich auch Männer, die zum Häkel-Event gehen. Darüber schweigen wir in diesem Buch vornehm. Hier geht es um Kerle. Zurück zum Thema:

Lust auf ein Spielchen, echter Mann?

> ## "Mau Mau" ist was für Tunten und Omis!
>
>

Poker

Poker ist keine absolute Männerdomäne. Es gibt auch Frauen, die das ganz hervorragend können. Aber die eindeutige Majorität liegt beim Mannsvolk. Jeder echte Mann sieht sich irgendwo im Wilden Westen in einem höchst zweifelhaften Saloon, eine Flasche Feuerwasser vor sich, in einer Pokerrunde mit noch zweifelhafteren Teilnehmern. Ein Fehler ist endgültig und endet laut Script mit dem Ableben eines oder mehrerer Teilnehmer der Runde.

Poker ist die Königsdisziplin im Kartenspielerland. Auch, wenn Bridge um ein vielfaches komplizierter ist, so handelt es sich doch um eine dekadente und zugleich unlustige englische Pseudovariante des potentiellen Geldverlierens am Spieltisch. Poker hat Stil und trägt den Hauch des Abenteuers in sich. Gerade noch akzeptabel sind Doppelkopf und Skat. Mau-Mau hebt Euch zusammen mit Uno für den nächsten Kindergeburtstag auf. Da gehört es hin.

> **KUNST?**
>
> **Muss man nicht verstehen! Ist eben Kunst!**

Echte Männer und Kunst

Kunst…*"kann man verstehen, muss man aber nicht."* Danke an den Armin von der Maus. Ich liebe diesen Satz. Echte Männer und Kunst. Geht das zusammen? Oder ist das ein Widerspruch an sich? Ist es nicht. Echte Männer sollten sich, und sei es nur gelegentlich, der Kunst widmen. Seid kreativ und künstlerisch. Auch hier gilt: Don't sing it…bring it. Selber machen macht eindeutig mehr Spaß als die reine Kunstbetrachtung. Die hat einen anderen Vorteil: Man setzt sich mit einem kontroversen Thema auseinander und vielleicht sogar inspiriert.

Kunst ist, wie alles andere auch, als relativ zu betrachten. Nur wenige Dinge polarisieren mehr als Kunst und Geschmack. Hat man Dir jemals gesagt, dass sich über Kunst nicht streiten ließe? Weit gefehlt. Gerade Geschmack ist ein Streitthema ohne Gleichen. Wäre dem nicht so, würden sich Menschen nicht permanent deshalb in die Flocken kriegen. Und da geht es dann auch schon los. Was ist eigentlich Kunst? Fettecken wie bei Beuss? Sonnenblume von Van Ohr ab? Verhüllter Reichstag a la Christo? Filmkunst?

Musik? Dichtung? Literatur? Skulpturen? Die rundliche Venus von Willendorf? Akt? Erotik? Lebensmittelfotografie?

Was immer auch Kunst sein mag…echte Männer dürfen das selbst bestimmen. Das macht es auch erheblich leichter. Und für den Fall der Fälle, dass Du es mit mit produktiver, eigener Kunst probierst und alles misslingt: Behaupte stets hartnäckig und im Ton inbrünstigster Überzeugung, dass es so beabsichtigt gewesen sei.

Wer es nicht glaubt, der beweise das Gegenteil. Und was die Kunst anderer betrifft: Werde doch versuchsweise mal Kunstkritiker. Das macht Freude und kostet nichts. Leiste Dir dabei die angemessene Menge Höflichkeit und Toleranz und dann einfach drauf los.

Ein anderer Bereich wären diverse Formen der Lebenskunst:

Chillen: *Die Kunst, sich beim Ausruhen nicht zu langweilen.*

Geduld: *Die Kunst, nur langsam wütend zu werden.*

Ignoranz: *Die Kunst, mit offenen Augen nicht sehen zu wollen.*

Genießen: *Die Lebens-Kunst an sich*

Faulheit: *Die Kunst sich auszuruhen ohne müde zu werden.*

Arroganz: *Die Kunst, auf seine Borniertheit stolz zu sein*

Denken: *Die Kunst, die nur wenige beherrschen.*

Sarkasmus: *Die Fähigkeit Deppen zu beleidigen, ohne dass sie es merken.*

Kompromiss: *Die Kunst, einen Kuchen so zu teilen, dass alle zufrieden sind.*

Anfangen: *Der Beginn, dem die Kunst der Beharrlichkeit folgen sollte.*

Motivation: *Die Kunst, einfach voller Elan durchzustarten.*

Lebenskunst: *Die Kunst, den freien Fall des alltäglichen Lebens so lange zu genießen, bis man aufprallt.*

Regieren: *Die Kunst, Menschen das Geld für nichts aus der Tasche zu ziehen und sich dafür auch noch bezahlen zu lassen.*

Was lernen wir daraus? Viele künstlerische Wege führen nach Rom. Also mein Freund...sei ein echter Mann und werde künstlerisch aktiv. Möglichst gleich. Und gutes Gelingen dabei. Nachdem wir darüber geplaudert haben, ist es an der Zeit für stilistische Dinge.

Besser kein Stil als schlechter Stil!

Echte Männer und Stil

Stil: Nur wenige haben ihn, aber jeder sollte ihn haben. Echte Männer sollten stilvoll durchs Leben gehen. Besonders nett ist ein eigener Stil…also etwas Authentisches. Machen wir es doch mal ganz einfach: Es beginnt mit Rhetorik und endet mit der Kleidung. Wenn Du erstmal eine Jogginghose an hast, verlässt Du die Hütte höchstens, wenn es brennt. Lass Dich nicht hängen. Leiste Dir entweder ein wenig Eleganz oder irgend etwas Ausgefallenes. Gehrock? Frack? Anzug vom Schneider? Kettenhemd? Plattenrüstung? Chinesische Jacke? Sei kreativ und lass Dir etwas einfallen, das zu Deiner Persönlichkeit und Deinem Empfinden passt.

Zu einem guten Stil gehört auch, nicht die Contenance zu verlieren. Gönne Dir die notwendige Souveränität und sieh zu, weder aus der Rolle zu fallen noch den Überblick zu verlieren.

> **Meine Nachbarn hören immer gute Musik...ganz egal, ob sie es wollen!**

Echte Männer und Musik

Ohne Musik läuft nichts...überhaupt nichts. Musik ist ein Inbegriff von Lebensgefühl, Freude, Traurigkeit, Emotionen, Stimmungen und Schwingungen. Also ran an die Emotionen. Für echte Männer darf es das gesamte Spektrum von Op bis Pop sein. Gönn Dir was und tauche ein ins Thema. Es muss nicht unbedingt Klassik sein. Aber es entgeht Dir was, wenn Du es nicht ausprobierst. Es gibt Dinge, die einem nichts geben. Das kann der Schlager ebenso gut wie die Gregorianik sein. Probiere es aus.

Auch hier haben wir den üblichen Königsweg: Selbermachen bringt erheblich mehr Freude als nur zu konsumieren. Also holt mal die Klampfe raus oder was auch immer so im Schrank verstaubt. Kein Instrument verfügbar? Versuch es mal mit Singen? Die anderen verdrehen die Augen und nicht vor Freude. Dann sing heimlich unter der Dusche...egal was und wie...Hauptsache es bringt Spaß.

So etwas hasse ich:

ICH singe laut mit und der Interpret trifft die Töne nicht!

Echte Männer und Sangesfreuden

Bohlen und Co, Voice of Dingens und andere. Sicherlich verrate ich damit nichts Neues: Singen ist gesund. Die Wissenschaft kann belegen, dass das Singen positive Kräfte für Körper und Geist entfaltet. Aber muss es mit aller Macht in einem Männergesagsverein oder schlimmer noch Shanty-Chor sein? DAS ist nichts für echte sonder für olle Männer. Kultur hin oder her…die hier üblichen Uropa-Männergesangsvereine repräsentieren eine Sangeskultur, bei der dem gepflegten Metal-Freund gelinde gesagt die Öhrchen abgammeln. Echte Männer und Gesang…da geht einiges. Aber bitte nicht so was. Und haltet Euch vom Schlager fern. Schlager sind was für Tussis reiferer Bauart. Die dürfen dann zum schwülstigen Seierkram a la Prolle Petry, Marianne Rosenberg oder Andrea Berg mal so richtig die Emotionen schlichter Musikverständler rauslassen.
Ebenfalls ein Graus für die Hörnerven: Bohlen und Co. Echte Männer reihen sich nicht in die Kohorten pickelgesichtiger Milchbubis ein, die dann vom dauersonnenbankverbrutzelten und selbsternannten Pop-Titanen zur Erheiterung der mindestens ebenso

besemmelten und schlichten Zuschauerschar verheizt werden.

Singen ist definitv eine tolle Sache. Es bedeutet Erholung von beruflichem Stress und der alltäglicher Anspannung. Richtig gemacht hamonisiert es Körperschwingungen und befreit Geist und Seele. Lass Dich dann lieber von den Sängern von Voice of Germany inspirieren. Danach schmeiß den PC an, besuche Youtube und lass fröhlich die Sau raus. Gut, wenn Du dabei sowohl ungestört bist und gleichzeitig niemandem auf den Puffer gehen kannst. Denn aller Anfang ist schwer. Rom ist auch nicht an einem Tage erbaut, dafür aber an einem Abend abgefackelt worden.

Du darfst es sicherlich auch mal mit Karaoke versuchen. Allerdings möglichst nicht...oder nicht zu früh...in aller Öffentlichkeit. Es sei denn, dass Du humorig bist und sowohl gut über Dich lachen als auch Kritik vertragen kannst.

„Wo man singt, da lass Dich bloß nicht nieder...denn schlechte Sänger singen immer wieder."

Lass Dir den Spaß nicht versauen. Denn Gott sei Dank bleibt Dir, wenn alle Stricke reißen, das stille Kämmerlein. Und das ist doch auch was, oder? Jeder kann vorbehaltlich einer Stimme singen und da gibt es absolut keinen Irrtum. Irrtümer sind meist anderer Natur. Schauen wir doch mal, was dahinter stecken und was dem Irrtum zu seiner Macht im Versauen des realen Lebens verhelfen könnte.

Irren ist menschlich.

Aber um richtigen Bockmist zu bauen, braucht man einen PC.

Echte Männer und Computer

Der Computer erfreut sich bei Männern höherer Beliebtheit als bei Frauen. Auch der Umgang mit dem guten Stück, die installierten Programme, eventuelle Spiele und die Wahl der zu betrachtenden Seiten erweist sich als höchst unterschiedlich. Auf *maennlicher.de* erfuhr ich, dass Männer durchschnittlich pro Monat 9 Stunden ihrer Lebenszeit unnütz vergeuden und lustige Spiele genießen. Frauen kommen gerade mal auf 5 Stunden.

 Also, lieber Leser: So ein PC ist eine tolle Sache. Dir steht damit die größte Bibliothek der Welt zur Verfügung. Und nein…ich meine definitiv NICHT Wikipedia. Es ist völlig in Ordnung, wenn Du gelegentlich ein wenig herumballerst oder Monster mordest, um mal abzuschalten oder die Seele baumeln zu lassen. Der Chef war wieder doof? Die Olle wie üblich eine Frau und hat Dich nicht verstanden? Oder noch schlimmer: Keine Frau weit und breit die ihre

Zeit ausgerechnet mit Dir verbringen will? Frust? Na dann:

Stirrrrrrb! Und wieder ein Zombie weniger!

Komisch. Da zockt man tagelang bis in die tiefe Nacht am PC und es ist immer noch keine Frau aufgetaucht, die einem die Zeit verschönen will. Frauen sind ja so unsensibel, spießig und nie da, wenn man sie mal braucht. Gott hat jedoch in seiner unendlichen Weisheit Pornoseiten geschaffen, um das eine oder andere aus dem zwischenmenschlich-hormonellen Bereich alleine umzusetzen. Näheres dazu im fachspezifischen Artikel dieses Buches unter „**Echte Männer und Pornos**". Ansonsten liegt hier unter Umständen ein Problem in Form von medialer Übersättigung vor.

Nutze die Macht, mein Freund, und den PC für Bildung und zur Kommunikation. Aber schaffe Dir ein reales Leben mit richtigen, echten Menschen. Denn echte Männer lieben die Realität. Raus aus der Hütte und ab an die frische Luft mit Dir. Solltest Du keine Partnerin haben, dann findest Du vielleicht eine unter den Lebenden. Hast Du schon eine, dann sei froh, wenn Du einige ruhige Minuten Outside für Dich in Anspruch nehmen kannst.

Betrachte das Ganze wahlweise als Herausforderung oder Entspannung. Aber der PC hält Dich nur, wenn Du ihn nicht beruflich benötigst oder Recherche betreiben möchtest, von so wichtigen Dingen wie dem realen Leben ab. Da Lebenszeit ein kostbares und nicht verlängerbares Gut ist, gehen echte Männer bewusst damit um und wissen sie zu schätzen.

Carpe Diem, mein Freund.

> **"Wie war der Film?"**
>
> **"Das Buch war besser."**
>
> **"Du liest im Kino?"**

Echte Männer und Bücher

Die Zeiten ändern sich. Früher mussten wir noch mit der Taschenlampe unter der Bettdecke lesen. Heute leuchten die Bücher von ganz alleine. Bücher sind einfach genial und vermitteln Eindrücke und Ausflüge in andere Welten, die so nicht möglich wären.

Nur wenige Dinge können so inspirierend sein wie Ausflüge in die Tempel der Gelehrsamkeit und Unterhaltung: Die Bibliotheken.

Es beginnt bereits mit der Atmosspäre, der Stille und dem Geruch von echten Büchern. Dann die Auswahl an zu Papier gebrachten Ideen aus allen Epochen und zu allen Themen. Sich einfach in irgendeinen bequemen Ledersessel sinken lassen und auf die reichhaltige Auswahl an Medien zurückgreifen zu dürfen. Stundenlanges Lesen im bequemen Fauteuil in der Bücherei entspannt uns wahrscheinlich mehr als, alle an der VHS angebotenen Joga-Kurse und Tai-chi-

Seminare zusammen. Nur die Versorgung mit Kaffee lässt dort zu wünschen übrig.

Echte Männer wissen nicht nur ein einzelnes, sondern viele gute Bücher zu schätzen Belesenheit macht klug und angeblich ist Intelligenz sexy. Also mach was draus. Gönn dir zu einem guten Buch einen Kaffee, Tee, eine Zigarre, ein Stückchen Schoki oder was auch immer. Relax. Entspann Dich. Lass Dich inspirieren. Tauche ein in den gedanklichen Kosmos anderer und erfreue Dich an ihrer Kreativität. Und, wenn Du Dich traust: Schreibe doch mal selbst eins. Dann kannst Du der Nachwelt etwas ganz persönliches von Dir hinterlassen. Und wenn Dir ein ganzes Buch zu viel sein sollte, dann fang mit einer Kurzgeschichte an. Und die schickst Du mir dann. O.K.?

Und nun noch eine kleine Übungseinheit:

Luat enier sidtue an eienr elgnhcsien uvrsnäiett, ist es eagl in wcheler rhnfgeeloie die bstuchbaen in eniem wrot snid. das eniizg whictgie ist, dsas der etrse und der lztete bstuchbae am rtigeichn paltz snid. der rset knan tatol deiuranchnedr sien und man knan es ienrmomch onhe porbelm lsen. Das legt daarn, dsas wir nhcit jedn bstuchbaen aeilln lseen, srednon das wrot als gzanes.

Faszinierdend Captain, was unser Freund „Gehirn" so alles anstellt, gell? Und wieder was dazugelernt. Man weiß ja nie, wozu es gut ist.

> **Mein neuer Ratgeber "Heul doch, Du blödes Weichei", hilft labilen Menschen durch schwere Zeiten.**

Echte Männer und Selbstzweifel

Die gute Nachricht: Männer sind zu Recht das stärkere Geschlecht und echte Männer sind sogar *noch* stärker.

Die Ergebnisse einer repräsentativen Umfrage der Apotheken-Umschau ergaben, dass Männer insgesamt selbstbewusster und psychisch gefestigter sind, wenn sie kritisiert werden. Demnach sagen Männer häufiger was sie denken – und interessieren sich auch weniger dafür, was andere davon halten.

In der Umfrage gab dagegen jede fünfte Frau an, ständig an sich selbst zu zweifeln und unter Versagensängsten zu leiden. Bei den Männern hingegen war dies nur jeder siebte. Männer nehmen kein Blatt vor den Mund und können besser „einstecken". Weniger als einem Viertel der Männer macht der Umfrage zufolge Kritik wirklich zu schaffen. Na? Sind wir gut oder was?

Also Jungs…weitermachen! Und auf keinen Fall unterkriegen lassen.

Männer und Frauen sind nicht wirklich verschieden...beide benutzen bei einem guten Film ein Taschentuch.

Echte Männer und Pornos

Eigentlich wollten die Wissenschaftler der Universität Montreal herausbekommen, welche Auswirkungen Pornografie auf die Sexualität von jungen männlichen Konsumenten habe. Dazu wollte man regelmäßige Konsumenten mit solchen Männern vergleichen, die noch keine Pornografie gesehen haben. Das aber soll deswegen nicht geklappt haben, weil man keinen einzigen fand. Muhahaharrr.

Alle nach ihrem Sexualleben befragten Männer gaben an, dass sie in ihrem zehnten Lebensjahr erstmals Pornofilme gesehen hatten. Das hätte sie jedoch erst einmal abgestoßen, so dass sie erst wieder als Erwachsene nach Pornos suchten. (Wer's glaubt wird selig). Singles würden durchschnittlich 40 Minuten lang Pornos drei Mal die Wochen anschauen, Männern in Beziehungen 20 Minuten 1,7 Mal die Woche. 90 Prozent der Pornos werden online angeschaut. Für die Pornofilme im Internet würde keiner zahlen. Benutzt werden nur, was kostenlos angeboten werde. Gesehen wird in aller Regel alleine, wobei sich die Männer meist nur das anschauen würden, was ihren sexuellen Vorlieben entspricht, während sie schnell vorspulen oder weiterklicken, wenn sie etwas langweilig, abstoßend oder geschmacklos finden.

Auf die Sexualität der Männer scheinen Pornos keinen negativen Einfluss auszuüben. Alle ihre sexuellen Praktiken waren stinknormal – was auch immer das sein mag. Nutzer des Angebots sind definitiv alle Gruppen, egal ob Single oder liiert, schwul oder hetero. Wer die ansprechenden Themen nicht mit seiner Partnerin ausleben kann, findet eine zweidimensionale Alternative. Männer wollen nicht wirklich, dass ihre Partnerin wie ein Pornostar aussieht. Pornos bieten einfach nur ein Vehikel, um Dinge zu kompensieren. Und nein – Pornos sind nicht frauenfeindlich. Eher werden die Männer zu Objekten degradiert und nur in Teilausschnitten präsentiert.

Aggressivität wird durch Pornografie nicht verstärkt. Angreifer brauchen keine Pornografie, um gewalttätig zu werden. Die Betrachtung von Pornos verändert das Verhalten des Betrachters nicht. Wenn Pornografie den Einfluss haben würde, den ihr viele zuschreiben, dann müsste man einem Schwulen nur heterosexuelle Filme vorsetzen müssen, um seine sexuelle Orientierung zu verändern. Trotz allem wird Porno immer wieder gern verteufelt. Interessanterweise gerade von denjenigen, die in Untersuchungen als die Haupt-User-Gruppen festgestellt wurden.

Da sich in diesem Buch gelegentlich kleine Albernheiten eingeschlichen haben, musste folgendes passieren: Die Top-10 der definitv lustigsten Pornotitel. Ich könnte nicht mehr ohne.

Warum also Pornos schauen? Na...weil es Spaß macht. Also...weitermachen, Jungs. Völlig frei von schlechtem Gewissen. Für diejenigen von Euch, denen das einfach zu sehr zu Hardcore ist, gibt es noch die Zeichtrickvarianten. Wer auch dadurch überfordert ist, der mag sich der Biene Maja, Heidi oder den Schlümpfen widmen.

Und immer schön fröhlich bleiben.

> **Entweder fliegt wirklich ein lila Schwein um den Mond und singt die Nationalhymne...oder es waren gar keine Aspirin...**

Echte Männer und Drogen

Aus welchem Grund auch immer scheint das männliche Gehirn seinen Besitzer viel eher zum Konsum von Drogen zu ermuntern, als das weibliche die Damen. Auf die Droge Speed reagieren wir Männer mutmaßlich bis zu dreimal heftiger als Frauen.

Insbesondere Aufputschmittel wie Speed oder Ecstasy verursachen im Männerhirn einen größeren Ausstoß vom Glücksbringer oder auch Freudenmolekül genannten Dopamin. Die Menge der Dopamin-Rezeptoren im Gehirn ist bei Männern wie Frauen gleich groß.

In Versuchen kontrollierte man den Ausstoß des Botenstoffs Dopamin im Belohnungszentrum des Gehirns. Doch nachdem alle Probanden eine Dosis Amphetamin gespritzt bekommen hatten, konnten die Wissenschaftler feststellen, dass männliche Testteilnehmer deutlich größere Dopamin-Ausschüttungen in drei von vier Bereichen des Belohnungszentrums hatten, als ihre weiblichen Mitprobanden. Der körperliche Effekt der Droge war bei den Männern stärker. In einer anschließenden Befragung werteten sie die positiven Effekte des Konsums höher ein, als es die Frauentaten.

Die Reaktion des Gehirns motiviert Männer eher als Frauen dazu, die Droge wieder zu nehmen. Das ist auch eine Erklärung dafür, warum Amphetamin-Anhängigkeit bei Männern weiter verbreitet ist.

Anscheinend besteht ein weiterer Zusammenhang zwischen der Dopamin-Ausschüttung und Krankheiten wie Parkinson, dem Tourette-Syndrom und Schizophrenie. Auch diese Leiden betreffen Männer häufiger und stärker als Frauen, so das Online-Wissenschaftsmagazin "ScienceNow".

Bei an Parkinson erkrankten Mäuse-Männchen sind die Gehirnschäden im Verlauf der Krankheit stärker als bei ebenfalls erkrankten Weibchen. Parkinson wird auf einen Mangel des Botenstoffs Dopamin im Belohnungszentrum des Gehirns zurückgeführt. Es ist also durchaus möglich, die Ergebnisse der Experimente auch auf Menschen zu übertragbar.

Was lernen wir daraus? Ganz einfach: Lass die Pfoten von dem ganzen Chemo-Mist, Designerdrogen oder Manager-Chichi. Der Stress am Arbeitsplatz wird mental und nicht mit Aufputscherlis behandelt. Echte Männer kommen ansonsten gut mit Alkohol, Kaffee, Schokolade, Bonbons, Nikotin, biodynamischem Spezial-Rauchkraut und guter Gesellschaft zurecht.

Die besten Drogen sind gute Gesellschaft mit den Kumpels oder guter Sex mit der passenden Partnerin Deiner Wahl. Also hopp – in den Sattel mit Dir, mein Freund. Und trink im Anschluss einen für mich mit.

> **Na gut...Du bist zu blöd für die Wissenschaft.**
>
> **Aber musst Du deshalb gleich religiös werden?**

Echte Männer und Religion

Männer sind im religiösen Bereich bodenständiger als die holde Weiblichkeit. Frauen sind generell religiöser als Männer. Sie halten Religion und Kirche für wichtiger, glauben öfter an Gott, besuchen die Kirche häufiger und beten doppelt so viel wie Männer. Da kann einem Angst und Bange werden, gell? Hausfrauen stehen übrigens erheblich mehr auf das Thema. Die berufstätigen Mädels sind da anders gepolt. Und – je oller, je doller. Mit zunehmendem Alter und Sterbefällen im Umfeld nimmt das immer schlimmere Ausmaße an. Die Erklärungsversuche nach dem Sinn des Lebens und dem „*danach*" lassen bei einer hoffnungsvollen Perspektive jegliche Ratio dahinschmelzen wie Schnee in der Sonne.

Mal so unter uns, mein Freund. Religion beginnt damit, dass man in irgendein Land und einen bestimmten Kulturkreis hineingeboren wird. Wärst Du jetzt also in Ankara und nicht in Berlin – inschallah. Alles wäre anders. Unser muslimischer Kumpel wäre in Delhi überzeugter Hindu und in Tibet Buddhist geworden. Alle wären – zumindest vorübergehend – davon überzeugt gewesen, den rechten Pfad der reinen und wahren Lehre zu beschreiten. Hinter fast allen Religionen stehen andere Menschen, die Dir sagen, was Du zu denken, zu tun oder zu lassen hast. Insbesondere durch den Verzicht auf Dinge die Spaß machen, soll quasi via Kuhhandel ein Stückchen Paradies erkauft werden. Alles Mumpitz. Das Universum ist ein paar Nummern zu groß, als dass eine wie auch immer geartete Schöpfung sich so ein Kindertheater ausgedacht hätte. Oder seid Ihr die Fans von der Opferlammgeschichte und lasst Euch auf beide Backen hauen? Glaubt Ihr an einen Verkünder religiöser Wahrheiten, der per Erzengel-Shuttle zu einer Privataudienz beim Chef abgeliefert wurde? Nun kommt mal wieder runter. Ach ja…es gibt auch keinen Grund für Kirchensteuern oder andere Abgaben an die Leute in den lustigen Roben. Wozu denn auch? Ein Vereinsbeitrag wäre akzeptabel. Aber „Steuern"? Igitt.

Religiosität liefert einfache Antworten auf Dinge, die nicht leicht zu ergründen und manchmal auch nicht zu beweisen sind. Aber die Alternative des Glaubens anstelle der Möglichkeit des Wissens ist für echte Männer inakzeptabel. Wir gehen den Dingen auf den Grund. Ohne eine überzeugende Antwort auf der Suche nach dem Sinn des Lebens finden wählen wir die Möglichkeit mit dem höchsten Spaßfaktor.

Habt Ihr schon mal an Thor, Odin, Frey und die anderen Götter unserer Altvorderen gedacht? Wir haben da einiges zu bieten, bei denen die anderen Religionen nur die Ohren anlegen können. Lieber ein gepflegter Axt Kult mit Met, Trinkhörner und Walhalla, als diese Untertanenfrömmeleien, die nur dazu dienen, sich bei Gott ein wärmendes Plätzchen zu erkaufen.

> **Guter Sex ist, wenn auch Deine Nachbarn danach eine rauchen!**

Echte Männer und Sex

Männer wie auch Frauen mögen Sex. Das steht völlig außer Frage. Aber warum in drei Teufels Namen wird immer so ein Gewese darum gemacht? Sex ist ein Trieb. Interessant ist, dass der Sextrieb größer als der Trieb der Nahrungsaufnahme ist. Also wird zuerst fortgepflanzt und dann gefuttert. Nicht umgekehrt. Sonst kommt vielleicht vorher noch der böse Säbelzahntiger und verknuspert Dich, bevor die Saat ausgebracht worden ist.

Nun haben wir die Kunst entwickelt, Sex auch ohne den Hintergedanken irgendwelcher Folgegenerationsproduktionen auf die Beine stellen zu können. Nennen wir das mal schlicht „Geilheit“. Das Leben könnte so einfach sein, wenn es nicht zwei Geschlechter gäbe.

Sex als Machtinstrument: Frauen nutzen die "Waffe Sex", um ihre Macht zu demonstrieren, ganz nach dem Motto: *„I've the pussy...I make the rules!“.* Sollte also mal länger Flaute im Bett herrschen, dann hinterfrage, ob dahinter nicht Kalkül stecken könnte. Frauen rationieren den Sex, um die Männer bei der Stange zu halten. *Lol!* Der war gut, gell?

Dem liegen Vorstellungen zugrunde, die Mädchen von ihren Müttern vermittelt bekommen haben, wie *„Sex ist etwas, woran Männer mehr Spaß haben als Frauen"*. So wird bei ihnen das Bild erzeugt, dass Sex eine Möglichkeit ist, Einfluss auf den Partner zu nehmen.

"Ich habe keine Lust!" oder auch *„Migräääne!"*

Gnädigste sagt dann, dass sie keine Lust hat, weil Du sie geärgert hast, Du unsensibler Klotz. Dahinter steckt aber oft der Gedanke: "Wenn du nicht machst, was ich will, gebe ich dir nicht das, was du willst." Stellen wir fest: Frauen können durchaus strategisch denken und handeln. Wenn sie wollen.

Wenn Du die weiße Fahne hisst und das tust, was Gnädigste will, hast Du verloren. Dann fühlt sich der Feind – so nennen wir die liebe Partnerin hier mal – in seiner Taktik bestätigt. Aufgeben ist demnach also keine Option.

Lass Dich bloß nicht hinters Licht führen! Manche Frau droht zwar nicht mit Sex-Entzug, belohnt den Partner aber mit Sex, wenn der sich in ihrem Sinne verhält – und nur dann.

Das Ergebnis ist hier wie dort dasselbe: Abhängigkeit.

Ebenso verhält es sich mit Techniken. Glaube bloß nicht, daß Gnädigste wirklich einsichtig oder kooperativ ist. Wir machen immer das, was sie möchte und das finden wir dann gefälligst gut. Versuch es mal mit Reden, aber sei übersichtlich im Hegen von Hoffnungen. Man hat es nicht leicht als echter Mann. Kunststück! Bei dem Gegner.

Widmen wir uns noch kurz dem dämlichsten Spruch über Sex: „DFG". Alles Quark.

Es mag in früheren Zeiten so gewesen sein, dass weniger gebildete Frauen aus ärmeren Schichten eher auf die Gunst ihres Ehemannes angewiesen waren als reiche Damen, da sie finanziell von ihm abhängig waren. Aber auch heute noch geistert dieser Spruch umher.

Zugegeben: Es gibt wissenschaftliche Studien, die sich mit dem Thema Sex und Bildungsniveau beschäftigen. Und laut Forschern der United States Military Academy und der University of Colorado gibt es einen Zusammenhang zwischen vielen Sexpartnern in jungen Jahren und schlechten Schulnoten. Was jedoch was bedingt und inwieweit man das verallgemeinern darf, sei dahingestellt. Und über die Qualität des Sex ist damit natürlich auch nichts gesagt.

Allerdings steht außer Frage: Je weniger insbesondere über die Bedürfnisse der anderen Seite nachgedacht wird, desto schlechter wird die Nummer. Wenn Blöd auf Blöd prallt, wird es also insgesamt eher blöd. Dumm gelaufen. Pech gehabt. Aber auch das kann man ja lernen. Gell?

> **Auch wenn sie niedlich aussehen... Frauen sind und bleiben Raubtiere!**
>
>

Echte Männer und die Frauen

Nimm es zur Kenntnis, lieber Freund. Es gibt nur zwei Arten von Frauen: Die einen bringen Dich um Dein Geld, die anderen um den Verstand. Manche von Ihnen beherrschen sogar beide Disziplinen königinnenmäßig. Anbei einige Dinge, wo Männer und Frauen meist aneinander geraten.

1. Kein echter Mann ist begeistert, wenn SIE mit den Augen rollt, sobald es um seinen Lieblingssport o.ä. geht. Aber anscheinend macht Gnädigste das immer wieder gerne.

2. Wir mögen nicht danach gefragt werden, ob wir die neue Frisur, das neue Kleid oder die neuen Schuhe gut finden. Wir sehen meist keinen wirklichen Unterschied und können nur mit 'Ja' antworten, wenn wir nicht auf Wochen dafür bestraft werden wollen. Selbstbewusst zu sein und zu wissen, was man will und was nicht, das finden wir HOT.

Wenn Gnädigste sich selbst nicht mag und schätzt, wird sie auf Dauer auch keinen Mann von sich überzeugen. Wenn es hart auf hart kommt, sollten Frauen stark sein, statt das schutzbedürftige Weibchen zu spielen. Echte Männer sind gern eine Stütze, aber keine Babysitter.

3. Zickenterror. Unser Liebstes. Eine Mischung aus Paranoia, Egozentrik und Ungeduld kann eine Frau zu einer tickenden Zeitbombe machen. Ab in die Therapie mit dem mentalen Wunderkind mit den lustigen, verhaltens-originellen Überraschungen. Ach ja…wir hassen das Zugekloppe von Türen, dass die Rahmen und Blätter auseinanderfallen. Und die infantile Schmollerei über Wochen.

4. Wir Männer mögen es, wenn Frauen sich sexy anziehen. Und wir lieben es noch mehr, wenn eine Frau ganz sie selbst ist. Mit offenen Haaren, ohne Make-up und vor allem eins: Total entspannt.

5. Ach ja: Kosmetische OP's sind voll der Abturner. Echte Männer hassen Dinge wie Silikonhupen, Lifting, Schlauchbootlippen, Arschimplantate oder die spaßigen Botox-Parties.

6. Das ist Balsam fürs unser männliche Ego: Ab und an mal als starke Schulter gefragt zu sein finden wir gut. Aaaaber: Siehe 3.

7. Es interessiert uns nicht die Bohne, wie wenig ihre Eure Freundin isst und wie billig ihr neuer Look aussieht. Echt nicht. Deshalb lasst die Lästereien über andere Frauen einfach mal sein, Mädels.

8. Jaaa doch. Würde es die Gnädigste nicht geben, würden wir vielleicht immer noch das Shirt von 1999 tragen. Deshalb haben wir überhaupt keine Probleme damit, wenn *„Hasipupsi"* Klamotten mitbringt!

9. Mein Freund der Klodeckel. Männer machen ihn hoch. Wen der offene Deckel stört, der soll ihn halt zumachen. So einfach. Es gibt keinen Grund, deshalb eine Diskussion zu starten.

10. Socken. Wir lassen die Dinger gern herumliegen. Na und? Es ist wie mit dem Klodeckel. Irgendwie finden wir da einen Weg. Und verkram nicht wieder meine Küchenmaschinenbestandteile, Hasipupsi.

11. Sex und Frauen. Heda, Mädels. Es gibt ein Internet. Wenn ihr schon nicht darüber reden könnt oder wollt, dann kommt mit dem Arsch hoch und informiert Euch. Wir mögen es durchaus, wenn auch Frauen mal initiativ sind. Das kann doch nicht so schwer sein, oder?

12. Alle Frauen brauchen gelegentlich was auf den Arsch. Manche mögen's. (Sean Connery)

> ## Wer braucht schon Liebe, solange man "Dinge" mit Käse überbacken kann?

Echte Männer und die Liebe

Also Jungs. Anscheinend sehen Frauen das Thema Liebe wieder völlig anders als Männer, insbesondere echte Männer. Im Gegensatz zur allseits immer wieder postulierten Ablehnung von emotionaler Tiefe beim Mannsvolk sieht die Realität anders aus. Mal abgesehen davon, das Liebe gelegentlich durch den Magen geht, haben Männer im Allgemeinen keine ablehnende Haltung bezüglich tiefer emotionaler Bindung.

Sicherlich gibt es Männer, die aufgrund von Bindungsangst keine Beziehung eingehen können. Andere wollen grundsätzlich keine Beziehung. Oftmals ist es eine Frage des Alters. Wenn wir der Frau unseres Lebens begegnen, machen wir natürlich Nägel mit Köpfen.

Warum sind viele Frauen dann so überzeugt von einem überwiegend bindungsängstlichen Männerbild? Der Eindruck ist, dass Frauen Männern gern Bindungsangst vorwerfen, wenn sie sich in Wahrheit nicht eingestehen wollen, dass die Männer sich nur nicht an SIE binden wollen. Dumm gelaufen, Mädels, gell? Aber es ist keinesfalls so, dass jede von Euch der Hauptgewinn an sich ist, mit dem man den Rest des Lebens gemeinsam gestalten möchte. Und, mal so ganz unter uns...die Ladies weigern sich ebenfalls, in jedem Dreibeiner den optimalen Partner für die Reproduktionstechniken zu sehen.

Warum dürfen **die** das? Und **wir** nicht? Wenn schon alle nach Gleichberechtigung verlangen, dann hätten wir hier ein schönes Anwedungsgebiet dafür.

Die Legende von einer weit verbreiteten männlichen Bindungsangst spielt Frauen als Schutzbehauptung in die Hände. Sie distanzieren sich damit unbewusst von ihrer Verantwortung für das Scheitern eines Beziehungsversuchs. Ist ein Mann konfliktscheu und zieht sich wortlos aus der Affäre, bleiben zudem viele Fragezeichen zurück. Insofern kann die häufig zu beobachtende Neigung zum Pathologisieren der Enttäuschung der Frauen und der ungeklärten Situation geschuldet sein.

Der Bindungswille wird oftmals als Gradmesser für Gefühle angesehen. Aber wie in aller Welt skaliert man ausgerechnet den Bindungswillen? Oder noch schlimmer: Liebe?

Männer schreiten dann zur Tat, wenn große Gefühle im Spiel sind. In einer solchen Situation ist ihre Bindungsbereitschaft sicherlich so ausgeprägt wie bei Frauen.

Und nun zaubern wir mal ein Geheimkaninchen aus dem Zylinder: Auch Männer denken und handeln gelegentlich strategisch. Manche Männer, die sich selbst als bindungsängstlich bezeichnen, nutzen das Vorurteil für ihre Zwecke. Männer haben nicht mehr

Bindungsängste als Frauen. Aber Männer nutzten dies oft als Ausrede, um der Frau bei einer Abfuhr nicht weh zu tun. Ein Mann bindet sich, wenn er sich verliebt und wenn nicht, dann eben nicht.

Nahezu niemand verzichtet bei den untrüglichen Anzeichen von Schmetterlingen im Bauch und einer realen Chance auf die Erwiederung lange, um das Thema in trockene Tücher zu bekommen. Aber echte Männer lassen sich auch nicht in eine Beziehungsfalle locken, ganz nach dem Thema: Nun hattest Du Sex mit mir…also sag mir, dass Du mich liebst. Ach ja…wann ziehen wir endlich zusammen? Ich habe da schon Vorstellungen bezüglich einiger Änderungen an Deiner Einrichtung, Deinen Kumpels und selbstverständlich Deiner Ernährung, Liebster. Ach ja…magst Du eigentlich Tofu? Schon mal über Vegan nachgedacht?

Nanu? Wo isser denn? Einfach wech? Na so ein Lümmel aber auch. Männer! Alles Verbrecher.

> **Niemand weiß, ob Partner so bleiben, wie sie einst waren. Darum heißt es heiraten und nicht heiwissen!**

Echte Männer und die Heirat

Machen wir es kurz: So eine Partnerschaft ist schon eine tolle Sache. Sie bietet Verlässlichkeit, Sicherheit, Komfort und gelegentlich sogar einen guten Service. Sie ist oftmals der Weg zur…na wie hieß das doch gleich…ach ja…Ehe.

Lieber echter Mann…sei besser vorsichtig. Eine gute Beziehung stellt sich erst nach mindestens zwei Jahren als belastbar heraus. Solltest Du vorher via Schnellschuss Gnädigste über die Türschwelle tragen wollen, dann hast Du mit Verlaub oftmals reichlich Froschpupu am Hacken.

Erst wenn der überquellende Hormonfluss in Dir auf den Boden der Tatsachen zurückgekehrt ist, dann hat das Ganze eine Chance. Klaro? Wenn Dir nämlich nach zwei Jahren auffällt, dass die Olle nich wirklich nett lacht, sondern hystrisch brüllt und auch sonst „strange" ist, dann weißt Du, was die rosarote Brille angerichtet hat. Echte Männer umgehen diese Falle weiträumig.

Diejenigen, denen es nicht gelingt, eben diese Falle weiträumig zu umschiffen, die laufen in den sicheren Hafen der sogenannten „Ehe" ein.

Liebe maskuline Leser: Die Mädels fahren da voll drauf ab. Wenn Euch erstmal die Ketten in Form lustiger güldener Ringe umgelegt worden sind, dann heißt es adios gesagt zur Freiheit. Darum nennt man den unverheirateten Menschen auch „Ungebunden". Nun ja. Wer auf Fesselspielchen steht? Beziehung bedeutet stets Kompromisse. Und Verpflichtungen. Die Rechte halbieren sich, die Pflichten verdoppeln sich.

Anbei sechs beziehungstechnisch wichtige Zitate von Großmeister der partnerschaftlichen Weiheiten, Al Bundy:

1. *Ist Dir nah das Weib, ist der Streit nicht weit.*
2. *Manchmal glaube ich, wir sind keine Familie, sondern ein biolgisches Experiment.*
3. *Viele Nächte sitze ich auf dem Sofa, schaue rüber zu meiner Frau und denke mir: Warum geht sie nicht nach Hause? Dann packt mich der Horror, wenn ich feststellen muss, dass sie es bereits ist.*
4. *Wir alle müssen mit unseren Enttäuschungen leben; ich muss mit meiner sogar schlafen.*
5. *Seid bloß leise, Kinder. Sonst wacht Eure Mutter auf und ich muss mit ihr reden.*
6. *Peg hat mich aus einer alten Tradition heraus geehelicht: Heirate einen Mann und zerstöre seine Träume*

Danke, Al!

> # Es gibt keine Ehe, in die sich nicht der Teufel einschleicht...

Echte Männer und die Ehe

Und da haben wir den Salat. Wieder wurde ein echter Mann eingefangen. Und das ist auch kein Wunder, denn echte Männer gibt es nicht an jeder Straßenecke oder dem Discounter eine Straße weiter.

Ehe...wozu das eigentlich? Jeder kennt die römische variante: EHE gleich *„Errare humanum est"*. Oder auch: Irren ist menschlich.

Ehe ist eine kirchliche Geschichte hat letztendlich nichts mit der Stabilität einer Beziehung zu tun. Es ist ein Bindungsinstrument, das gut in die Hirnzellen der vornehmlich weiblichen Fans dieser „Einrichtung" implantiert wurde.

Echt mal, Männer! Wer von uns will um Gottest willen in einer „Einrichtung" leben? Aber Gnädigste ist hoffnungslos romantisch und wünscht sich eine Mörder-Hochzeit mit Kutsche, weißem Kleid und dem endlich eingefangenen Traumprinzen an ihrer

Seite. Und wer muss das wieder ausbaden? Na…rate mal.

Grundgedanke der Ehe war einst die Gründung einer Familie. In der Regel produzierten Mann und Frau diverse Kinder und teilten Bett und Haus. Der Mann war dafür zuständig, die Familie zu ernähren, während die hauptsächliche Aufgabe der Frau war, sich um die Kinder und den Haushalt zu kümmern. Stabilität eben. Und Mutter Kirche über allem. (Igitt)

2012 betrug die Prozentzahl der Ehescheidungen in Deutschland überwältigende 46,24% (Quelle Internet). Das bedeutet, dass jede zweite Ehe geschieden wurde. Gerade heute, in einer vom Feminismus geprägten Zeit, sind die mit der Ehe verbundenen Gefahren größer denn je.

Wenn Du heute eine Ehe eingehst, hast Du eine 50%-ige Chance, dass diese innerhalb der nächsten 25 Jahre geschieden wird. Und mit der Ehefrau gehen dann auch meist das Sorgerecht für die gemeinsamen Kinder und große Teile des selbständig aufgebauten Vermögens dahin.

Zwar haben sich die Gesetze in Punkto Unterhalt in den letzten Jahren glücklicherweise zum Vorteil des Mannes geändert, aber zahlen kannst Du nach einer Scheidung allemal. Und das auch, wenn Deine Exfrau bereits von einem anderen Mann behüpft wird.

Leider wurde dieses Ideal, das über Jahrhunderte hinweg tadellos funktioniert hatte, im Laufe der letzten Jahrzehnte von immer mehr Interessenverbänden angegriffen. Plötzlich hieß es, ein Hausfrauendasein würde die Frau degradieren. Frauen und Männer seien gleich (nicht im Sinne von gleichberechtigt, wohlgemerkt).

Heuzutage werden neue Rollen geradezu heran-gezüchtet, unterstützt durch die Medien, die den Mann immer schwächer und die Frau immer stärker darstellen.

Dabei ist Feminismus im Grunde nur eines: Bullen-Pupu von Kühen! Wenn Frauen und Männer tatsächlich gleich sind, warum sieht man dann so wenige Frauen auf dem Bau oder im Bergwerk? Warum sind die Konzern-Manager überwiegend Männer? Warum werden die größten Nationen von Männern geleitet? Ganz einfach: Weil es Frauen bei gewissen Dinge einfach nicht drauf haben! Was unsere Kanzlerin so alles drauf hat, erleben wir ja derzeit alle am eigenen Leibe.

Man(n) sollte sich über eines im Klaren sein: Feminismus wird nicht umsonst so stark von der Politik und den Medien gefördert! Einziger Sinn und Zweck ist hier, die Frau ebenfalls als Arbeitsvieh heranzuziehen. Wenn Mann und Frau gleichzeitig steuerpflichtig arbeiten, ist dies für den Staat natürlich von größtem Vorteil, denn zwei Personen erwirt-schaften mehr Abgaben als eine einzelne!

Kam der Mann früher von der Arbeit nachhause, so warteten bereits die Tageszeitung, die Hauspantoffeln und eine warme Mahlzeit auf ihn. Heutzutage warten eine von der Arbeit gestresste und miesgelaunte Ehefrau, Dosenfutter und Hausarbeit auf ihn. Voll der Bringer, gell?

Bevor Du also Deine Traumfrau (die im Laufe der Jahre eventuell zu einer Alptraumfrau mutieren wird) heiratest und ihr fröhlich Deine Cojones auf einem Silbertablett servierst, solltest Du Dir mal die folgen-den guten Gründe gegen eine Eheschließung ansehen: Wenn Du keine Ehe eingehst, wirst Du Dich auch niemals scheiden lassen müssen. Das Ende einer normalen Beziehung ist für gewöhnlich äußerst unschön und disharmonisch. Das Ende einer Ehe wird allgemein jedoch als stressreicher geschildert, da hier auch der soziale Aspekt eine Rolle spielt. Beziehungen enden. Endet jedoch eine Ehe, nimmt dies aus sozialer Sicht einen komplett anderen Stellenwert ein, da die Bindung durch eine Ehe als stärker empfunden wird.

Eine Ehe endet in der Regel mit einem Todesfall oder damit, dass Deine Exfrau die Hälfte des während der Ehe erwirtschafteten Vermögens zugesprochen bekommt. Herzlichen Glückwunsch. Es ist wurstegal, ob ausschließlich Du die Kohle herangeschafft hast oder nicht. Zusätzlich erhält sie im ersten Jahr auch noch monatliche Unterhaltszahlungen von Dir. Und dabei ist vollkommen egal, ob sie bereits für einen anderen Mann sexuelle Gefälligkeiten spendiert, oder nicht!

Groß aufgeplusterte Hochzeiten sind nichts für Männer. Männer haben keine Lust auf Hochzeitskutschen, Torten, Tanz und Kirche. Bei einer Hochzeitsfeier geht es ausschließlich um die Braut, die seit Kindheit an von Disney-Filmen gehirngewaschen wurde.

Der Cinderella-Komplex sozusagen. Eine Märchen-prinzessinnen-Hochzeit vom Feinsten ist das Allermindeste. Im Durchschnitt kostet eine deutsche Hochzeitsfeier unglaubliche 12.000 €. Dann klopp mal kräftig drauf los bei der Arbeit. Hast Du eine Ahnung, was Du wirklich Nützliches von diesem Geld kaufen könntest? Naaa?

Widmen wir uns den Finanzen. Ein Gruselthema.

Gemeinsame Bankkonten, Steuererklärungen, Besitz, und das Sorgerecht sowie der Unterhalt für die Kinder sind alles Punkte, die im Konfliktfall Deinen Schlaf auf Jahrzehnte killen werden.

Die Ehe kann Dir nichts geben, was eine normale Beziehung Dir nicht auch geben kann. Die Steuerersparnis könnte nett sein, wackelt aber bereits wie ein Beißerchen mit Parodontose im Endstadium. Aus diesem Grund wird auch die gleich-geschlechtliche Ehe in den Medien so extrem vorangetrieben, weil hierdurch der eigentliche Sinn der Steuererleichterung, nämlich die Gründung einer Familie, komplett wegfällt.

Du versprichst einer einzigen Frau, ihr treu zu sein und ihr zu dienen, bis dass der Tod Euch scheidet – mistegal, wie sie sich Dir gegenüber verhält. Würdest Du Dir ein Auto kaufen und diesem schwören, ausschließlich dieses bis an Dein Lebensende zu fahren? Natürlich nicht, und dabei ist ein Auto eine Entscheidung mit weitaus geringerer Tragweite als eine Ehe.

Glaube mir, sobald Du Dein Ehegelübde runtergebetet hast und alles offiziell und in trockenen Tüchern ist, gehörst Du ihr. Und das im wahrsten Sinne des Wortes! Lässt Du Dich scheiden, erhält sie die Hälfte des Vermögens und einen monatlichen Unterhalt. Sie kann Dich, sofern Du nicht so schlau warst und einen Ehevertrag von ihr hast unterzeichnen lassen, bis auf die Unterhose ausziehen – den Rücken vom Gesetz gestärkt! Und auch Eheverträge sind schon wegen Sittenwidrigkeit vor Gericht abgelehnt worden. Warum sollte auch der Staat Unterhalt löhnen, wenn es ausreichend Zahlsklaven gibt?

Kommen wir zu sexuellen Gepflogenheiten.

Deine Frau ist jetzt Deine ausschließliche Sexual-partnerin und sie kontrolliert, wie oft Du Sex hast. Sie

94

hat quasi das Monopol auf Deinen Dödel. Dumm gelaufen, gell?

„Du als Frau gibst mir Sex, Du kochst, Du hältst das Haus sauber und kümmerst Dich um die Kinder, während ich für Dich (Euch, wenn Kinder da sind) sorge!"

Heutzutage haben derartige Absprachen keinen Wert mehr, da aus der Sicht von Feministinnen niedere Arbeiten wie Kochen, Putzen und Waschen minderwertig sind und entsprechend vom Mann erledigt werden sollten. Wenn Deine Ehefrau keine Lust auf gemeinsame hormonelle Aktivitäten hat, dann hast Du ohne Fremdgehen keinerlei Chancen mehr auf Sex. Sie weiß das und wird das in der Ehe gegen Dich verwenden. Kurz nach der Hochzeit geht es los. Gnädigste wird mopsig. Sie fühlt sich jetzt in Sicherheit und weiß, dass sie jetzt zunehmen kann, weil sie nicht mehr auf der Jagd ist. Männer nehmen auch während der Ehe zu, weil die Frauen sie dazu verleiten, um den Mann für andere Frauen unattraktiv zu machen. Eine Eheschließung gleicht in der westlichen Welt dem Russischem Roulette. Die alten Werte existieren nicht mehr – bedanke Dich bei Politik und den Medien – weshalb es heutzutage absolut keinen Grund mehr für einen Mann gibt, eine Ehe zu schließen, es sei denn, er möchte unbedingt eine Familie gründen, Kinder großziehen und das Sorgerecht geklärt wissen.

Solltest Du Dich also auf eine Ehe einlassen, dann nur, wenn Du Dir wirklich darüber im Klaren bist, dass eine gute Ehe von zwei Dingen abhängig ist: Den richtigen Partner zu finden und selbst ebenfalls der richtige Partner zu sein. Drum prüfe, wer sich wie lange auch immer binde…

> **Jeder Depp kann Kinder machen, aber nur echte Männer sind wirklich gute Väter.**

Echte Männer und die Familienplanung

Irgendwie ist das Leben befremdlich. Da gibt es nun haploide Chromosomensätze und keiner weiß, was es bedeutet und niemanden interessiert es, dass ein echter Mann zu immer 50% an der Zeugung neuen menschlichen Lebens beteiligt gewesen ist. Sauerei, lumpige.

Machen wir uns nichts vor. Die Gnädigste hat beim gesamten Vorgang der Produktion erheblich mehr Stress und Ärger am Hacken als der Erzeuger, der nach einigen Minuten der körperlichen Ertüchtigung sein Werk vollbracht hat. Nach getaner Arbeit in der Produktion kommen allerdings andere Dinge auf ihn zu. Betüddeln, Hegen, Pflegen und Verwöhnen stehen ebenso auf der Liste wie unendlich viele Komplimente.

„Findest Du mich eigentlich dick?"

Vorsicht, echter Mann. Gefahr droht. Ab hier hat die Ehrlichkeit ihre Berechtigung verloren. Fachleute sprechen nicht ohne Grund von dünnem Eis. Sie diplomatisch und mach Dich schnell unsichtbar. Du bist nur noch Statist. Die Hauptperson ist SIE!

Gnädigste erwartet Nachwuchs. Du anscheinend nicht. Jeder kommt und grabbelt ihr am Bauch herum und gratuliert. Niemand war hingegen bei DIR, hat Deinen Dödel gerubbelt und gesagt:

„Gut gemacht!"

Wie schon gesagt: Die Welt ist ungerecht und müffelt mächtig. Aber das kennen wir ja schon.

Nun denn…es steht also Nachwuchs an und ohne Deine tatkräftige Unterstützung wäre es niemals dazu gekommen. Juchhee…und darauf eine Zigarre. Aber gefälligst draussen auf dem Hof oder im Treppenhaus. Wir wollen ja niemanden gesundheitlich belasten, oder?

Nach etlichen Wochen und Monaten hormoneller Befindlichkeiten der Gnädigsten, die dem männlichen Part wie Jahrzehnte vorgekommen sind, ist es irgendwann soweit und der junge Mensch erblickt das Licht der Welt.

Ab jetzt ist alles anders und Du spielst nur noch die maximal dritte Geige, Aber was solls…das ist es Wert. Richte Dich schon einmal auf den höchst gefährlichen Prozess der Namensfindung ein. Nichts entzweit mehr, als Differenzen bei der Wahl des passenden Namens für den kleinen, neuen Erdenbürger. Manchen Menschen fiel auf Monate hin nichts anderes ein, als „kleines namenloses Kind" platzhaltertechnisch einzusetzen. Anbei ein paar Vorschläge:

Die fünf geläufigsten Kindernamen:

"Psssst!"
"Klappe!"
"Lass das!"
"Komm her!"
"Jetzt nicht!"

Echte Männer und der Nachwuchs

Kinder bereichern das Leben. Die ersten Monate motzen sie nur dann, wenn irgend eine Kleinigkeit nicht optimal bedient wurde. Hunger, Verdauung, und wieder mal Hunger oder Verdauung. Windeln wechseln bekommt ein echter Mann locker hin, Fläschchen geben auch, neue Klamotten gehen easy und das mit dem Bäuerchen geht auch noch ganz gut. Und doch ist die Herausforderung der Brutpflege auch für echte Männer keinesfalls klein. Aber man stellt sich der Pflicht und macht es gern. Vater werden ist nicht schwer...Vater sein nicht immer einfach. Du bist nun in der Pflicht, dem jungen Erdenbürger die elementaren Dinge des Zusammenlebens zu vermitteln und die richtigen Informationen mit auf den Weg zu geben. Das wird Dich voraussichtlich 18 jahre lang massiv in Anspruch nehmen und endet auch danach nicht wirklich.

> **"Behandelst Du eins unserer Kinder ungerecht?"**
>
> **"Welches? Die Jungs oder das Fette?"**

Echte Männer und die Erziehung

Besonders wichtig neben guter Erziehung ist Fairness. Behandle Deine Kinder gut. Sie danken es Dir (hoffentlich). Ich will niemanden erleben müssen, der seine Brut zu den strengsten Eltern der Welt schickt und damit seine Bankrotterklärung bei RTL und Co in den medialen Briefkasten kloppt.

Kinder sind unsere Zukunft. Also ist es auch unsere gottverdammte Pflicht, alles für die lieben Kleinen auf die Beine zu stellen, was nur möglich ist. Wenn wir den kleinen Teufeln nicht beibringen, was gut, böse, vertretbar oder indiskutabel ist, dann übernehmen leider die Kindergärten, Schulen und Medien den Job. Machen wir uns nichts vor: Das kann nicht in unserer Absicht liegen. Allein schon der Genderwahn reicht vollkommen aus, die kleinen Leute verwirrt durchs Leben laufen zu lassen. Geben wir unseren Nachfolgern das bestmögliche Werkzeug in die Hand, sich im allgemeinen Wahnsinn unserer Konsum-, Hightech- und Mediengesellschaft zu behaupten.

> **Veganes Essen?**
>
> **Hackfleisch rein, Sahne drüber, Käse drauf und überbacken. Voll lecker!**
>
>

Echte Männer und das Essen

Und da sind wir wieder voll im Thema. Essen…alle tun es, alle reden darüber, und alle wissen, was gut für Dich ist. Woher kommen eigentlich all die Informationen über „gesunde" Ernährung, die dann später in umgesetzter Form auf unseren Tellern landen? Wie sollte es anders sein…das veranlasst unser aller Freund, die Presse. Und wo bekommen die ihre Daten her? Gut recherchiert wird nicht. Abgeschrieben wird. Bei…na wo wohl? Der Presse. Frauenzeitungen bestimmen, was auf den Tisch kommt, und wenn es der letzte Unfug ist. Heute dies…morgen das…und übermorgen sonst was. Du darfst kein Fleisch mehr essen, weil das ungesund ist. Ist das wirklich so? Hast Du schon Deinen Salat und die Sprossen gegessen? Ist doch lecker, mmm? Und sooo gesund. Grüne Smoothies gefällig? Die Rohstoffe habe ich im Park gesammelt. Fesch, gell? Natur pur. Ich weiß zwar nicht, was genau drin ist, aber Pflanzen sind ja gesund. Iss die Schale mit. Da stecken die Vitamine drin. Auch bei Bananen und Zitrusfrüchten? Kartoffeln und Kokosnüssen? Heute gibt es endlich Tofu. Und Sojawürstchen. Hurra. Endlich. Nur in den sorgsam bewahrten und gut verteidigten Bastionen der Karnivoren kommt noch ruhigen Gewissens Fleisch und Wurst auf den Teller. Doch das ist laut WHO voll der Killer. Schon der Verzehr von 50 Gramm verarbeitetem Fleisch pro Tag soll das Darmkrebsrisiko erhöhen. Deshalb stuft die WHO verarbeitetes Fleisch in Kategorie 1 der krebserregenden Stoffe ein - auf einer Stufe mit Zigarettenrauch, Asbest und Röntgenstrahlung. Rotes Fleisch klassifizieren die beteiligten Wissenschaftler als "wahrscheinlich krebserregend". Die Rache der Tiere ist endlich da…killst Du mich…dann kille ich Dich. Oink.

Weniger Fleisch – weniger Krebs? Die Gefahr aus dem Grill…das Killerschnitzel und die Currywurst des Todes? Kritiker wie der Lebensmittelchemiker Udo Pollmer fordern jetzt wissenschaftliche Belege. Bisher ist die WHO nämlich jeden Beweis schuldig geblieben. Wir wissen nicht genau, was die Lümmel von der WHO damit bezwecken. Aber, Freunde des gepflegten Steaks und Grillfestes: Lasst Euch nicht irre machen. Alles Mumpitz. Und wenn schon eine neue Sau durchs Dorf getrieben wird, dann eine, die auf den Grill kommt. Esst, wonach Euch der Schnabel und der Sinn stehen. Euer Körper ist durchaus in der Lage, es mitzuteilen. Lasst die Pfoten möglichst vom Junkfood und Industriekrams, kocht selbst aus frischen Zutaten und alles wird gut.

Ansonsten: Lobet den Herrn (Pollmer) und sein Team. Lest deren Bücher. Insbesondere *„Don't go Veggie"*. Das bildet ungemein und schafft Binsenweisheiten der gefährlichen Art aus der Welt. Und damit „Bon Appetit".

> **Gut, dass ich mein Essen nicht selber jagen muss.**
>
> **Wo leben diese Döner überhaupt?**

Echte Männer und Fastfood

Also, lieber echter Mann oder der, der es noch werden will: Fastfood ist doof. Der Mist lebt von Zutaten, die aus Frankensteins Suppenküche stammen und hat teilweise Inhaltsstoffe, die einem angst und bange werden lassen. Kocht lieber selbst und nehmt frische Zutaten. Oder habt Ihr schon was von Gourmet-Tempel der Superklasse gehört, in der Pizza, Hot-Dogs oder Mama Mozzarellas Fertigaufläufe auf der Karte stehen? Aaaaber: Die gelegentliche Pizza, der Burger von nebenan oder die Fritten, die es im nächsten Imbiss gibt, sind wiederum nicht so dramatisch gefährlich, wie es immer wieder dargestellt wird.

Also schnappt Euch gelegentlich eine Pommes Rot-Weiß oder die Mafia-Torte und, wenn Ihr Lust habt auch ein Döner. Nur macht es nicht täglich. Und alles wird hübsch. Fastfood kann auch Leben retten. Es ist allemal besser für die Gesundheit, sich nachts hochgradig bezecht von anderen verpflegen zu lassen, als ausgerechnet dann die schärfsten Messer der Welt aus dem Schrank zu kramen, um der Welt zu zeigen, wie kunstfertig man damit umgehen kann.

> **Schokolade wird aus Bohnen gemacht und ist das Gemüse für meine Seele.**

Echte Männer und Schokolade

Das Thema Schokolade ist in aller Munde. *lol*

Kein zweites Mal hat die Natur eine solche Fülle der wertvollsten Nährstoffe auf einem so kleinen Raum zusammengedrängt wie gerade bei der Kakaobohne.
(Alexander von Humboldt)

„Neun von zehn Leuten mögen Schokolade. Der Zehnte lügt."
(John Tullius)

Alles, was du brauchst, ist Liebe. Aber ein bisschen Schokolade hin und wieder tut auch nicht weh."
(Charles M. Schulz)

„Wenn Plan A scheitert, dann gehe über zu Plan B: Schokolade essen."
 (Jean Kelsey)

Schokolade ist gut für das Herz. Viele neue Studien weisen darauf hin, dass die Flavanole in dunkler

Schokolade der Herzgesundheit gut tun. Ein Artikel, der in der Zeitschrift Circulation veröffentlicht wurde besagt, dass eine bestimmte Menge an dunkler Schokolade bei Herztrans-plantations-Patienten eine deutliche Verbesserung der Fließgeschwindigkeit des Blutes, der Blutgerinnung sowie des gesamten Kreislaufsystems zeigte. Der Zeitraum für den Effekt betrug allerdings nur 2 Stunden. Patienten, die lediglich ein Placebo erhalten hatten, zeigten keine Verbesserung.

Neben diversen anderen Zauberstoffen enthält die Schokolade bzw. die Kakao-Bohne Falvonole. Diese sind natürlich vorkommende Pflanzenwirkstoffe und gehören zur Familie der Flavonoide. Es sind starke Antioxidantien, die auch eine positive Auswirkung auf die Herzgesundheit haben sollen. Flavonoide finden sich auch im Tee, Rotwein und in vielen Früchten und Gemüse. Kakao und seine Antioxidantien sind demnach sehr gesund. Die Erkenntnis ist wie üblich einfach: Gönn Dir ab und an mal eine Portion Schokolade. Je bitterer, je besser. Wenn Du Dir einen Kakao machen willst, dann verzichte auf das Mistzeug mit dem Zucker. Da ist nämlich der Kakao nur noch in homöopathischen Einheiten drin. Also…keine Angst vor dem kleinen, braunen Glücksmacher, der insbesondere zu einem starken Kaffee den perfekten Drogeneffekt der ungefährlichen Art spendiert.

Ich habe übrigens gelesen, dass man für Schokoladenfondue sogenannte „übriggebliebene" Schokolade verwenden soll. Derjenige von Euch, der weiß, was das ist, schicke mir bitte eine Nachricht. Vielen Dank dafür.

> **Kalorien sind fiese, kleine Wichtel, die nachts kommen und einem die Klamotten enger nähen!**

Echte Männer und ihr Gewicht

Gewichtsprobleme? Mumpitz. Männer werden stattlich. Nur Frauen werden dick. Wenn man allerdings feststellen muss, dass man für sein Gewicht 2,30 Meter groß sein sollte und es einem nicht gelingt, zu wachsen (ganz egal was man isst), dann liegt etwas im Argen. Kampf dem Jojo-Effekt. Es ist ärgerlich, wenn man Gewicht verliert und es einen aus welchem Grund auch immer stets wieder findet. Jeder Mann, der mal das Pech hatte, diesem Phänomen zu begegnen, weiß, dass Diäten Dreck sind und überhapt keinen Spaß machen. Die blöden überflüssigen Kilochen schreien ja nichtmal vor Schmerz, wenn man sie killt. Diäten sind eine wichtige Sache für a) Politiker und b) Frauenzeitungen, die sich nur verkaufen lassen, weil auf jeder neuen Ausgabe irgendeine Zauberdiät, Wunderpille oder magische Substanz, von der niemand jemals zuvor etwas gehört hat, die Probanden rank, schlank und attraktiv macht. Diäten duntionieren nicht. Sie bewirken nur, dass man nach der Nummer doppelt so schnell wieder zunimmt, wie vor der Geschichte. Und natürlich zusätzlich.

> **Mein guter Vorsatz:**
> **Ich wollte dieses Jahr**
> **10 Kilo abnehmen.**
>
> **Es fehlen nur noch 15!**

Echte Männer und der Kampf gegen die Pfunde

Und wieder mal trotz aller guten Vorschläge nicht abgenommen. Was lernen wir daraus? Pfoten weg von den allseits beliebten Ratschlägen der sogenannten Expertinnen aus den einschlägigen Magazine für die holde Weiblichkeit. Wer hat den Mist wieder angeschleppt? Naaa? Wer zwingt Euch die Brigitte-Diät, FdH, Vegan-Juchhee oder Rohkostplatten auf den Teller? Ratet mal! Lug, Trug und heiße Luft. Aber die Welt will ja mit aller Macht betrogen werden. Diese Mistblätter verkaufen sich tatsächlich nur über die frische Wunderdiät, die in einer Woche aus jedem Mädel Miss Universum macht. Klappt jedes Mal, gell?Lasst einfach mal für ein paar Monate Dinge wie Zucker und Mehl da, wo sie hingehören: Im Discounter Eurer Wahl. Konzentriert Euch auf Fleisch, Gemüse, Nüsse und Obst (davon weniger wg. Zucker) und alles wird gut, ohne dass Ihr darben müsst. Die schlechte Nachricht: Bierchen werden mal einige Tage ausgesetzt. Bis die Plautze wieder sichtlich geschwunden ist. Und Pfoten weg vom Süss-Stoff...dann wird auch alles gut. Versprochen.

Männer erfanden den Motor NICHT, um damit einen Fön zu betreiben.

Echte Männer und Technik.

Das es gleich mal klar ist: **Wir** sind die Herren der Technik. Eine Bierflasche ohne Flaschenöffner zu öffnen ist ein absolutes „Muss". Der Phantasie sind keine Grenzen gesetzt: Mit einem Feuerzeug, den Zähnen, einer anderen Flasche, dem Ehering, der Tischkante oder einer Zeitung - solange der Mann auch ohne einen Flaschenöffner nicht aufgeschmissen ist, ist er ein echter Mann. Der Vorführeffekt ist sprichwörtlich und Gnädigste spendiert wieder „den Blick". Na...soll sie doch. Sie ist es, die immer nach Hilfe schreit. Meist in Verbindung mit dem Plural Majestatis.

„Wir müssen noch ein Loch bohren"
„Wir müssen noch den Toaster reparieren"
„Wir müssen noch das Klavier schleppen"
„Wir müssen noch die Spinne an der Wand killen"
„Wir müssen noch das Fahrrad reparieren"

„Wir müssen noch tapezieren"
„Wir...Wir...Wir!"

Was immer „wir" auch tun müssen...mit „wir" sind wir Männer gemeint. Und, damit kein Zweifel aufkommen kann: Es handelt sich niemals um einen freundlichen Hinweis, sondern um einen eindeutigen Imperativ. Und da lassen „wir" (in diesem Fall „sie") keinen Zweifel aufkommen.

Wie auch immer:

Ob Spinnen entfernen und Mücken killen...auf die Technik kommt es an. Kleine Krabbeltiere, die in der Wohnung lauern, müssen von echten Männern entfernt werden. Ob sie im leeren Marmeladenglas auf den Balkon gebracht werden oder unter der Schuhsohle kleben, ist dabei völlig egal. Also...fang die Maus. Oder die Kakerlake. Oder was auch immer.

Sei in technischen Dingen jederzeit hilfsbereit. Vor allem beim Vehikel der Gnädigsten. Starthilfe geben können macht unentbehrlich.

Für die, die es noch nicht können: Die Motorhaube öffnen, das rote Kabel am Spenderfahrzeug an den Pluspol der Batterie und danach am Empfängerfahrzeug ebenfalls am Pluspol anschließen. Im nächsten Schritt das schwarze Kabel am Spenderfahrzeug am Minuspol anschließen und beim Empfängerfahrzeug das andere Kabelende an einen eisernen Teil im Motorraum hängen. Beide Fahrzeuge starten, warten und zum Schluss das schwarze Kabel zuerst entfernen, anschließend das rote. Auch, wenn sie es sich nicht anmerken lässt...die Holde wird begeistert sein. Also sonnt Euch einen Moment still und leise in Eurem Ruhm. Die Realität hat Euch sowieso schnellstmöglich wieder in ihren eiskalten, gierigen und scharfen Fängen.

Männer haben auch begehbare Kleiderschränke. Unser Fachbegriff dafür ist "Fußboden"!

Echte Männer und Wohnen

Damit das Zuhause (Nest) aus Sicht der Gnädigsten bald hübsch aussieht, sollten wahre Männer in der Lage sein, Ikea-Möbel aufzubauen. Machen wir uns mal nichts vor: Echte Männer hassen den Spanplattenschrott aus Pseudoschweden mit den bescheuerten Namen. Aber wer fragt uns schon? Gnädigste war wieder shoppen und bescherte und allerlei Zeitvertreib in Form von Bausatzkram. Und sie würde niemals verstehen (wollen), dass wir lieber ein Rennauto oder eine Drohne gebastelt hätten. Also…um wie üblich dem Blick zu entgehen…wird geschraubt.
Es gibt lustige Anleitungen mit erstaunlichen Schreibfehlern und beigelegtes Billigwerkzeug ohne jeglichen Qualitätsanspruch. Ein Schelm, wer Böses dabei denkt.
Wer glänzen will, macht es ohne Anleitung! Wer Stil hat, verzichtet auf den Mist. Paletten Möbel selber bauen ist hip. (Beachte den Blick, XY…den Blick!)
Echte Massivholzmöbel, die im Stück geliefert und auch entsprechend transportiert werden, lassen Män-

nerherzen höher schlagen. Das ist Qualität. Nicht umsonst ist „Schreiner" ein Ausbildungsberuf, der ein paar Jahre dauert. Eine Kopierfräse zu bedienen, erfordert keine große Kunstfertigkeit. Entsprechend sind die Möbel aus den industriellen Fertigungsstraßen ebenso hässlich wie instabil. Das sieht alles aus wie Lego. Wobei ich nichts gegen Lego sagen will…als Kind habe ich die Plastikklötzchen geliebt. Aber ich habe auch nicht darin gewohnt.

Für diejenigen unter Euch, die den schwedischen Möbelboss ebenso gering schätzen wie ich, war ich so frei, eine Kurzgeschichte zu schöpfen. Sie heißt:

Der schwedische Albtraum.

Es ist wieder an der Zeit, mich meinem Ehrenamt zu widmen. Ich bin Vorsitzender der Initiative zur Förderung der Verachtung pseudoschwedischer Möbelbausätze. Die Aktivisten der Initiative bestehen derzeit aus exakt einer Person. Dem großen Vorsitzenden persönlich. Ich bin quasi eine Minigruppe. Klein…aber effektiv. Die Anzahl der Sympathisanten wächst allerdings ständig. Es ist schön, nicht ganz allein zu sein.

Es ist Samstag und somit Möbelhaustag. Frau und Tochter haben abgestimmt. Gegen mich. Ich darf mitmüssen. Wir pilgern zum Hotdog-Tempel am Rande der Stadt. Mit angeschlossenem Factory-Outlet-Store für Spanplattenmöbel. Für Kinder gaaaanz toll. Ballparadies. Hotdogstand. Öffentliche Playstation. Dazu gigatonnenweise Aufstellerchen, Hinguckerchen, Plunderkrams und Schnickschnack. In Farbe. Und bunt.

Alles trägt unaussprechliche Namen in flottem Schweineschwedisch. Es fehlt nur noch der spaßige, mettbällchenwerfende schwedische Koch aus der Muppetshow.

„Möbelschrott Möbelschrott römtömtömtöm...!"

Klonk...Klirr...Rabautz...

„Und heute wir wollen schrauben eine Möbel nach die Anleitung von die Tante Oooolsen..."

Schepper...Krach...zerbrech...

Natürlich ist der Parkplatz voll. Das bedeutet drei Kilometer Fußmarsch bis zum Eingang, umzingelt von Heerscharen beseelt dreinschauenden, erwartungsvoll sabbernden und giggelnden Frauen im Jagdfieber. Wozu noch Sex? Der ultimative Kick ist Möbelshopping. Im Schlepptau folgt die Hotdog-lüsterne Brut. Und zu guter Letzt die missmutig und abgestumpft dreinschauende Karawane von Zahlknechten, Packeseln und Transportsklaven.

Der Eintritt ins mutmaßliche Paradies erfolgt durch eine gigantische gläserne Schiebetür ...zischhhhhhhh... und es öffnet sich die Vorhölle. Ich nehme allen Mut, den ich nur finden kann, trete ein und wieder...zischhhhhhhh...schließt sie sich hinter mir.

ICH WILL HIER RAUS!!!

Da liegt es vor mir, das Labyrinth des Möbelschreckens. Der Schrecken hat viele Namen. Viele Gesichter. Das Sortiment ist wacklig, spillerig, abstoßend hässlich und instabil. Ein Regal namens „Kötzig". Betten aus der Serie „Wacklög". Ein Tisch mit dem verheißungsvollen Namen „Ürks".

Ich will hier nicht sein. Also hilft nur eins: Die direkte Konfrontation mit der Ursache.

Nach dem 15 Minuten dauernden Versuch, die Aufmerksamkeit der nach Schnäppchen gierenden

Expeditionsleiterin zu erheischen, erhalte ich eine partielle Begnadigung. Gnädigste billigt meinen Rückzug ins Männerghetto. Ich bin eh nur Störfaktor. Allein schon die angewiderten Blicke des Packesels sind lusttötend. Also fort mit dem Kerl. Frau Königin will fröhlich sein. Juchheee.

In einer Art Foyer finde ich ein Sofa „Klapprig" und einen Tisch "Windschöf". Alles ist voller Prospekte. Angefüllt mit Hölle pur. Bosch und Hohlbein waren unschuldige Kinder im Vergleich dazu. Und doch...ich bin im Vergleich zu anderen vom Glück verwöhnt. Keinesfalls alle Männer dürfen ins Ghetto „Männerfrieden". Viele Transportsklaven benötigen im Anschluss eine fachkundige Therapie. Lebst Du wieder...oder schraubst Du noch? Es ist keinesfalls immer von Vorteil, handwerklich begabt zu sein. Mist.

Ich organisiere mir einen Kaffee „Blopp" und einen Keks „Drösel". Dann ergreife ich mein Handy...es lebe die Flat...und kommuniziere mit der freien Welt. Man spricht mir jeweils Mut zu. Es bestehe Hoffnung ...irgendwann würde auch die einkaufs-stärkste Königin müde werden.

Bei Einbruch der Dämmerung nähert sich mir eine skandinavische Wanderdüne. Tüten, Taschen und Berge von Krams. Obenauf, als Surf-Prinzessin der Plunderwelle, sitzt mein sich einen Hoddog quer in den Mund schiebendes Tochterkind. Sie ist mit Ketchup bekleckert, mit Röstzwiebeln bestreuselt, einem Gurkenscheibchen hinterm Ohr verziert und durch und durch glücklich.

Dann folgt die wellenschiebende Tsunami-königin. Die Einkaufsgewaltige und Verfügungs-berechtigte der Konten des großen Vorsitzenden und Packesels. Und ihr vernichtender Blick.

„Sitz doch nicht so rum...sei doch wenigstens einmal hilfreich...!"

Aber das war ich bereits.

Der jüngst via Handy bestellte Tieflader fährt gerade vor. Im Anschluss an den Transport wandert der ganze Krempel in die jüngst angemietete und doch schon fast gefüllte Lagerhalle.

Demnächst landet alles bei Ebay. Vom Erlös kauf ich Urlaub.

Und den machen wir in „Stockholm".

Nachsatz:

Wir alle kennen IKEA. Bösen Gerüchten nach hat der schwedische Möbelbastelshop gar keine echten Mitarbeiter, sondern nur Besucher, die einfach den Ausgang nicht mehr gefunden haben. Manche haben auch sicherlich überlegt, dort einzuziehen, anstatt dort weiterhin ihr Monatseinkommen zu verbraten. Andere hingegen versuchten es im Labyrinth mit einer Abkürzung und kamen in Barcelona wieder raus. Nichts geht über gute Möbel. Ich selbst liege gern, nur mit Socken und guter Laube bekleidet, auf dem Bett und schaue mir via PC Filme an. Leider mögen die IKEA-Verkäufer das überhaupt nicht. Intolerantes Pack, möbelverkaufendes. Und das Essen wird auch nicht am Bett serviert. Verbesserungsfähig. Vielleicht sollte das mal jemand anregen.

Echte Männer jammern nicht wegen eines Schnupfens.
Sie sterben heimlich, still und leise im Bett.

Echte Männer und Krankheiten

Was macht „Mann" im Falle einer Erkältung? Er legt sich ins Bett und stirbt leise. Doch leider leider leider hatte ausgerechnet ein Mann eine folgenschwere und völlig hirnrissige Idee...die Homöopathie. Aus irgendeinem Grund (nennen wir ihn mal „Verkauf von unnützem Mist gegen teuer Geld") findet sich in jeder Frauenzeitung eine Begründung, warum kleine Zuckerkügelchen, die nahezu frei von Wirkstoffen sind, doch so voller wunderbarer Effekte stecken. Es ist biblischen Ausmaßes: Die Blinden sehen, die Lahmen gehen...und die Tauben fliegen. Hahnemann sei Dank. Also Jungs...macht Euch mal nichts vor. Ihr nehmt den Mist nicht, weil er wirkt. Ihr nehmt ihn nur des lieben Frieden willens an. Denn keiner von Euch hält lange dem Blick der Gnädigsten stand, die es geschafft hat, Quacksalberkrams für einen Kurs zu erwerben, der den Goldpreis übertrifft. 10 Gramm lustige, kleine Globuli im Glaspöttchen für 6,00 Euro sind schon rekordverdächtig. Die Dinger bestehen nahezu ausschließlich aus Zucker. Unterstellen wir mal einen Wirkstoffanteil von 0,1 g auf die 10 g Kullerchen (großzügig bemessen), dann kommen wir auf einen Kilopreis beim reinen Wirkstoff von satten 60.000 Euronen. Halleluja. DAS nennen wir mal großzügig kalkuliert. Immerhin…ausgedacht hatte sich das ein Kerl. Chapeau. Gekauft wird es von Frauen. Kein Chapeau. Der eigentliche Wirkstoff in den Dingern ist substanziell übrigens mit 0,0000 g vertreten: Es ist der Glaube, der ja bekanntlich Berge versetzt. Homöopathie ist Religion. Der Gott, dem gehuldigt wird, ist „Der Große Placebo". Nun ja…die Welt will betrogen sein.

Widmen wir uns kurz der Möglichkeit, der Homöopathie doch noch etwas Frohsinn abzugewinnen. Sie hat immerhin Unterhaltungswert.

Reich dank Homöopathie

Homöopathie ist ein Quell der Freude, denn sie verhilft bei richtiger Anwendung zur finanziellen Unabhängigkeit.

Begleichen Sie ihre Rechnungen mit der Technik des

Homoeopathic Banking

Wie funktioniert das?

Teilen Sie Ihren Gläubigern mit, dass Sie statt des ganzen Rechnungsbetrags nur einen Cent überweisen werden und das betreffende Konto dadurch genügend Information über Geld erhalten habe.

Schütteln Sie jetzt den Überweisungsträger gründlich durch. Damit haben Sie den auf einen Cent verdünnten Rechnungsbetrag potenziert und so die Rechnung komplett beglichen.

Hoch potenzierte Mittel haben eine stärkere Wirkung als niedrig potenzierte. Schütteln Sie sich reich. Das ist ungeheuer viel Spaß für wenig Geld.

Erwerben Sie ein paar Mikrogramm Gold oder einen lupenreinen Minidiamanten Und dann schütteln Sie, was die Kraft hergibt. Der Effekt ist wunderbar. Auf diesem Wege entsteht die Füllung für einen gigantischen Geldspeicher „Modell Dagobert".

Gesund durch anthroposophische Homöopathie

Hierbei geht es nicht nur um den physischen, sondern auch um den Astralkörper. Das nennt man ganzheitliche Medizin. Feinstoffliche, bioaktive Informationen sind nicht an das Medikament gebunden und können schon vor der Einnahme den Heilungsprozess bewirken. Ein Bild zur Hilfe: Der Astralkörper sitzt bereits im Wartezimmer, lange bevor der physische Körper den Entschluss dazu gefasst hat. Die Behandlung des Astralkörpers ist sowohl fernmündlich als auch telepathisch möglich.

Vorsicht: Es ist davon auszugehen, dass Sie eine Arzt-Rechnung erhalten, obwohl Sie gar nicht in der Praxis waren. Tipp: Zahlen Sie über *„Homoeopathic Banking"*. (Und immer kräftig schütteln).

Viel Spaß für wenig Geld: Praktisch angewandte Homöopathie

Ob Grillparty, Kühlschrankfüllung oder Besäufnis. Homöopathie macht glücklich.

Testen sie es mal mit einem Tropfen Wein oder Brandy im Wasserglas. Immer kräftig rühren und immer wieder verdünnen. So werden Sie der Held des nächsten Stadtfestes. Je größer, je besser. Es ist genug für alle da. Dass es funktioniert, wurde bereits vor 2000 Jahren in Galiläa bewiesen. Cheerio, my Lord.

Noch einmal für die ganz hartnäckigen Befürworter der Homöopathie und ihre Wirkung:
Nach über 200 Jahren gibt es immer noch keinen Beweis, ob, wie und dass diese Therapieform wirkt. Ihre Wirkungen sind demnach entweder nicht vorhanden oder unkalkulierbar. Wie sollen dann die Risiken zu bewerten sein? Nicht auszudenken, wenn mit C- oder Q-Potenzen tatsächlich Wirkungen erzielt werden könnten. Dann gäbe es wohl auch ständig Fälle homöopathischer Vergiftungen.
Wir werden permanent mit Schadstoffen aus der Luft, dem Wasser, der Nahrung und aus Dingen des täglichen Verbrauchs wie Chemikalien, Reinigungsmitteln und Kosmetika etc bombardiert. Ein einziges Molekül Schweröl aus der Verpackung von Frühstücksflocken oder aus den Pflanzenschutzstöffchen der Agrarindustie könnte dann bereits zum Killer werden. Wie könnten wir uns davor schützen? Überhaupt nicht. Allein schon unser Trinkwasser wäre eine Dauermedikamentierung. Klärwerke müssten völlig ganz anders arbeiten, als sie es tun. Und wie genau? Mehr verdünnen? Oder weniger?
Also, echter Mann…lass die Kirche im Dorfe und die Globuli im Fachhandel. Alles Illusion. Was wirkt, das sind die Selbstheilungskräfte Deines Körpers und der Glaube daran, der bekanntlich Berge versetzen kann.

> **"Hasi? Mit welchem Programm muss ich das T-Shirt waschen?"**
>
> **"Was steht drauf?"**
>
> **"Iron Maiden!"**

Echte Männer und Haushalt

Machen wir uns nichts vor. Männer sind schlichte Kreaturen. Wir sind pragmatisch veranlagt und haben sicherlich einige rudimentäre Anteile Höhlenmensch in uns. Aber auch wir können durchaus „Dinge" im Haushalt verrichten. Damit meine ich nicht das Reparieren der störungsanfälligen High-Tech-Produkte des alltäglichen Lebens. Wir können mehr. Männer sollten den Unterschied zwischen Wollwaschprogramm und Kurzwäsche nur dann kennen, wenn sie die Wäsche der Gnädigsten mitwaschen müssen. *Hier* sind Fehler unentschuldbar und werden *mindestens* mit dem „Blick" geahndet. Nicht nur das Wie, auch das Wann ist entscheidend. Ein richtiger Mann muss wissen, wann es an der Zeit ist, Handtücher und Bettwäsche mal wieder zu waschen. Aber wir Männer haben es da einfacher und stets das Allroundprogramm parat. Ich sage nur…B 60. Und alles ist gut. Du bist ein echter Mann. Also ist von Dir auch zu erwarten, dass Deine Höhle nicht völlig im Dreck untergeht. Wie ein Staubsauger an- und auszustellen ist, sollte Dir also ebenso

bekannt sein wie die Verwendung von Fensterputzzeug und Badezimmer-reiniger. Was den Abwasch betrifft, so kommt was auf der nächsten Seite. Das Thema ist so reizvoll, dass es seine eigenen Zeilen verdient hat. Ansonsten: Lüfte die Bude mal wieder durch und lass keine Pizza-Reste herumliegen. Sonst lockt das nur die Ratten an. Die sind zwar niedlich, die kleinen Pelztiere, haben aber nichts in Deinem Umfeld zu suchen. Auch, wenn sie heute in unseren Breitengraden keine Pestilenz mehr frei Haus liefern. Hygiene ist, wenn man sie nicht übertreibt, eine tolle Sache. Sie erspart uns nicht nur Seuchen und anderen Ungemach, sondern erhöht auch das Lebensgefühl beträchtlich. Eine Visitenkarte im Hause eines echten Mannes ist und bleibt sein Badezimmer. Sofort auf der To-Do-Liste vermerken: Halte stets WC, Waschbecken und Badewanne in einem untadeligen Zustand. Ansonsten wird Dich wahlweise die Gnädigste, Mutti oder der unerwartete weibliche Besuch mit was bestücken? Naaa? Richtig: Der Blick! Und das geschieht Dir völlig Recht. Last not least: Dinge wie ab und zu den Müll runterbringen, die Alibi-Blume gießen, den Aschenbecher leeren, den Herd reinigen und die Spinnweben unter der Decke entfernen, haben noch keinen echten Mann unter die Erde gebracht. Es macht die Höhle nur wohnlicher und erspart es Dir, bei einem Spontanbesuch von wem auch immer nicht vor Scham im mit Flusen bedeckten Schmuddel Teppichboden versinken zu müssen. Sonst noch was? Ja…leiste Dir bei Gelegenheit etwas Teppichschaum und danach eine Kiste Bier. Die, mein Freund, hast Du Dir jetzt nämlich redlich verdient.
Prost…auf die Hygiene. Echte Männer an die Macht. Rule your home.

> **Wenn das Chaos auf die Ordnung trifft, dann gewinnt es, weil es kreativer organisiert ist.**

Echte Männer und Ordnung

Socken werden in dem Moment, in dem wir sie auf den Boden werfen, für uns wirklich unsichtbar. Und ja… Schranktüren werden sich von allein schließen! Was? Wir sehen die Unordnung nicht? Wer sagt denn so etwas? Schließlich sind wir nicht blind. Bevor wir die Socken in die Ecke kloppen, schlurfen wir gern damit über den schmutzigen Boden. Irgendwie ist das auch eine Form von Putzen. Wir haben uns eben angewöhnt, uns statt mit Aufräumen mit vermeintlich wichtigeren Dingen zu beschäftigen. Die Welt retten zum Beispiel. Mach der Gnädigsten irgendwie begreiflich, dass Genies das Chaos überblicken. Stoppt den Teufelskreis des Hinterherräumens durch die Großmeisterin des Wäschestapelns. Irgendwann wird sie merken, dass wir uns des Themas schon annehmen werden. Für Fortgeschrittene: Schreibt gemeinsam einen Haushaltsplan, und haltet genau fest, wer was macht. Sucht Euch einen Tag in der Woche, an dem alle gemeinsam sauber machen. Apropos: Geniale Menschen sind selten ordentlich; ordentliche hingegen nur selten genial.

> **Gestern machte mein Geschirrspüler ganz fiese Geräusche. Ich habe ihr einen Strauß Rosen geschenkt. Nun läuft sie wieder perfekt.**

Echte Männer und Geschirrspülen.

Geschirrspülen ist nicht gleich Geschirrspülen. Unsere heiligen Küchenutensilien wie die perfekt geschliffenen Küchenmesser oder die teuren Gusseisen-Töpfe, Pfannen und Bräter haben nichts, aber auch überhaupt nichts im Geschirrspüler zu suchen.

Rette Eure Schätze vor dem Zugriff des Weibsvolkes. Auch, wenn Gnädigste wieder alles in die Maschine gekloppt hat. Holt das Zeugs da wieder raus. Hegt und pflegt es. Macht Euch nichts vor: Es bereitet ihr Freude, dieses Spiel zu spielen. Sie merkt sich Eure Ermahnungen durchaus. Und dann zeigt sie Euch, dass sie ihr völlig egal sind.

Ermahnt die Gnädigste, nicht Eure Küchenmaschine zu demontieren und die Einzelteile wie Hackmesser, Abdeckkappe, Behälter oder Antrieb auf völlig unterschiedlich Schränke und Schubladen zu verteilen. Dann steht ihr da zwar mit Eurem Talent, aber ohne die praktische und segensreiche Küchenhilfe, wenn es mal schnell gehen muss. Und das wollen wir doch nicht, oder?

Wer sagt, dass Frauen in die Küche gehören, weiß nichts über ihre Einsatzmöglichkeiten im Bett.

Echte Männer und Küche

Nicht umsonst sind die Spitzenköche der Welt Kerle. Nicht, dass Frauen deshalb schlechte Köchinnen wären. Im Gegenteil. Aber das Pantheon der Küchengöttlichkeit ist zumindest im prominenten Bereich vornehmlich mit Köchen besetzt. Woran könnte das liegen? Experimentierfreude? Kreativität? Der Reiz des Neuen? Oder ist es eine Art von Klassenkampf?
Junge…das ist doch völlig egal. Genießen wir den Ruhm männlicher Überlegenheit. Aber die Berechtigung dafür will erst verdient sein. Derjenige, der nur die Fernsehsendung anschaut, hat keinen Platz auf dem Siegertreppchen verdient. Selber kochen macht satt und zufrieden. Also nichts wie ran an den Küchenfeind. Weg von den Telespielen und hin zum realen Abenteuer.
Der Mann ist der Herr des Feuers. Und das betrifft nicht nur das Grillen. Das Thema kommt später. Auch des Herdes Feuer (Induktion, Infrarot, Heißluft, Umluft und Elektrogrill) will bezwungen und eingesetzt sein. Beginne mit dem Easy-Going wie schlichten

Bratkartoffeln mit Bacon und Eiern und arbeite Dich langsam in den Olymp empor. Steaks kannst Du doch, so wie alle anderen auch. Und wenn nicht, dann erfährst Du bei „unser aller Freund YouTube", wie es gemacht wird. Probiere es aus. Und lass es Dir auch nicht aus der Hand nehmen, die Rohstoffe und passenden Gewürze zu organisieren. Frauen haben es nur selten mit dem effektiven Einsatz von Powerstöffchen wie Knoblauch, Ingwer, Chili, Pfeffer, Kurkuma und anderen Gewürzlichkeiten, die das Essen erst zum Essen machen.

Lass Dir von der Gnädigsten auf keinen Fall einreden, dass fleischlos gekocht wird, nur weil sie es in der Brigitte, Bild der Frau oder irgendeinem anderen Käseblatt so vermittelt bekommen hat. Das ist alles Mumpitz. Du glaubst mir nicht, werter Leser? Dann empfehle ich Dir als Literatur die Bücher von Udo Pollmer und seinen wackeren Mitstreitern im Kampf gegen Lug und Trug hinsichtlich Nahrung und Genuss. Der Mann weiß was er schreibt und das macht er auch noch höchst unterhaltsam. Eindeutig ein echter Mann, so wie er im Buche steht. Lies mal nach, was der Gott der Ernährungslehre über Soja und Tofu schreibt: TOFU macht impotent. Hormonbedingt. Reicht das? Und schon haben wir einen dezenten Bezug zum Buchtitel. Also lass die Finger, Gabel und den Rest von dem Zeug. Das Gelumpe ist giftig.

Fleischkauf ist Männersache. Fleisch zerlegen auch. Du kennt das doch: *„Schaaahatz? Kannst Du mal eben das Fleisch kleinmachen? Das ist immer sooo eeeeklich!"*

Und wenn Du schon beim Food-Shoppen bist…das mit dem Gemüse ist nun wirklich keine große Kunst. Kauf ein, sei selbständig und kreativ. Es beinhaltet zwei elementare Vorteile: Sowie Du den Bogen raus hast, bekommst Du endlich Dein Mahl genauso, wie Du es wünschst. Und dann hast Du auch noch die Chance, Dich ins Herz der Gnädigsten hineinzukochen. Gute Köche sind beliebt. Selbst wenn Sex nur noch eine Legende ist…der Ruhm einer wirklich guten Küche hat Bestand auf viele Generationen.

Ach ja…bevor ich es vergesse: Fett ist gesund. Und sorgt für Geschmack. Wenn Dir Gnädigste also mal wieder einreden möchte, dass Fleisch und vor allem Fett ungesund seien, dann kick ihnen das Thema Ping-Pong-mäßig wieder zurück auf den Teller, wenn sie ihren nächsten Schokoriegel-Ausraster oder Donat-Unfall erlitten haben. Was definitiv ein Killer gegen die Gesundheit ist, dass ist die Kombination von Fett, Zucker und Mehl in Mega-Mengen. Unsere Altvorderen fingen Mammuts, Wisente und Wildschweine, um sie auf dem Bratenrost zu kloppen…aber keine fetten Teigkringel. Die hätten sie allerdings auch nicht abgelehnt. Dafür hätten dann unsere die Höhlenwände bemalenden Ahnen auch ihr Ableben durch den allseits unbeliebten Herzkasper erleiden müssen. Die Jagd nach Backwerk im Fachgeschäft beinhaltet andere Gefahren als ein schlecht gelaunter Säbelzahntiger aus der Höhle nebenan.

Kurz gesagt: Echte Männer mögen:

FLEISCH und FETT!

Und davon viel. Erwähnte ich schon

Bier?

> **"Bad und Küche putzen" machen echte Männer sofort, wenn es das als Egoshooter gibt!**

Männer und Bad putzen

Ein gepflegter hygienischer Standard in Küche und Bad ist eine tolle Visitenkarte für das heimische Idyll. Allerdings ist die Tätigkeit nicht unbedingt die Numero Uno auf der To-Do-Liste.

Toilette und Abfluss reinigen ist anscheinend Männersache. *„Schahatz? Kommst Du mal? Der Abfluss ist wieder mal...!"* Und Schwupps ist der Herr des Hauses wieder zum Frondienst im Bad abgestellt. Gas – Wasser – Sch....e sind anscheinend eine Männerdomäne. Ebenso eklig wie Fleisch zerschnippeln oder die böse Spinne rauswerfen.

Also...ran an den Pümpel, die Spirale oder was auch immer und frisch auf ans Werk. Sonst kommt Gnädigste wieder mit der Chemokeule aus dem Drogeriemarkt und sorgt dafür, dass die maroden Röhren endgültig und unwiderruflich verstopft sind. Auch rettet Ihr unter Umständen Leben.

Die letzten Kandidatinnen, die nach erfolglosen Versuchen mit Essigreiniger Chlorreiniger hinterhergeschüttet haben, hatten nicht einmal einen Lernerfolg. Chlorgas ist gnadenlos in seiner Wirkung. Von wegen

Frauen lesen den Beipackzettel. Und davon mal ganz abgesehen: Lesen allein hilft nicht. Man muss es auch verstehen. Die Evolution kann ja so gnadenlos sein.

Interessant unter dem Aspekt Feminismus ist der Anteil an Azubinen im Gas-Wasser-Sch…-Handwerk. Im Jahre 2010 betrug er lt. Wikipedia gerade einmal 0,8%. Anscheinend gibt es doch Domänen in der Männerwelt, die bei den Gnädigsten nicht ganz so optimal zur Selbstverwirklichung einladen.

Ebenso ist die Quote bei anderen heiklen Berufen wie Maurer, Fliesenleger, Bergarbeiter, Betonbauer, Straßenbauer, Fliesenleger, Rohrleitungsinstallateuren, Metzgern. Alles, was anstrengend oder eklig ist landet bei…na wem wohl?

Wie kommt es, dass der fiese und/oder Schmuddelbereich immer bei den Männern landet? Letztendlich ist es wurscht. Nehmen wir es, wie es ist und dann rein in die Gülle. Ellenbogentief und tiefer. Man gönnt sich ja sonst nichts.

Also: Ihr kennt das Spiel. Ihr wollt, dass es funktioniert? Macht es selbst.

Putzgeschwindigkeit: Niemand kann so schnell Bad und WC putzen wie ein Mann, der spontanen Frauenbesuch erwartet. Motivation ist eben alles. Ansonsten hilft das Internet. Da man dort nahezu jeden Fetisch antrifft, wird sich bestimmt auch jemand finden lassen, der Gefallen daran findet, gratis den Job zu übernehmen.

> # Gott erschuf Himmel, Erde, Sonne, Männer und...den Rest.

Echte Männer und Handwerk

Anscheinend ist es mit dem Strom wie mit dem Feuer. Es ist eine Männerdomäne. Wann immer etwas nicht funktioniert: *„Schahatz...? Kommst Du mal? Wir müssen noch...!"*

Die böse Sicherung ist rausgesprungen? Die fiese Lampe leuchtet nicht? Der Staubsauger ist unwillig? Die Tapete ist unschön? Der Auspuff hustet? Die Waschmaschine pumpt nicht ab?

Mit dem Ehegelöbnis hat sich Gnädigste praktischer Weise einen Handwerker zugelegt. Den Mann fürs Grobe. Echte Männer lösen diese kleinen Probleme des Alltags selbst. Allerdings gibt es einen Antwortssatz, der einfach zu schön ist, um nicht gelegentlich Anwendung zu finden.

„Stimmt. Müssen wir. Fang doch schon mal damit an!"

Im Anschluss solltest Du vielleicht was Nettes kochen. Denn ansonsten wird Dich die Gnädigste drei Tage lang nicht mal mit dem verlängerten Rücken anschauen. Aber, lieber Leser und Leidensgenosse: Machen wir uns mal nichts vor. **Das** war es wert.

Was ist ein Sieben-Gänge-Menue für echte Männer?

Ein großes Steak und sechs Bier!

Echte Männer und Bier

Wir Deutschen liegen zwar im Bierverbrauch ganz weit vorn, erfunden haben wir es aber nicht. Das erste bierartige Getränk entdeckten die Ägypter, die ein halbfertig gebackenes Brot mit Wasser vergären ließen. Das Gebräu wurde im Mittelalter so beliebt, dass Mönche in ihren Klosterbrauereien für konstanten Bierfluss sorgten.

Zu den stärksten Biere der Welt gehören das mit einem Alkoholgehalt von 28 Volumenprozent das in den USA gebraute Barley Johns Rosies Ale. Der Alkoholgehalt ist so hoch, da das Bier dreimal nacheinander mit Kandiszucker und Champagner-Hefe versetzt wird.

Laut Guinness-Buch der Rekorde ist das stärkste das Vetter 33 aus dem Vetter´s Alt Heidelberger Brauhaus. Auch der Berliner Braumeister Thorsten Schoppe ist ganz vorn dabei, denn er braute mit einem Wert von 27,6 Vol% das stärkste jemals nach deutschem Reinheitsgebot produzierte Bier. Allerdings sollte man bedenken, dass diese Starkbiere eher einen öligen

Likörcharakter als den eines erfrischenden, frisch gehopften Gerstensaftes haben.

Auch Bier kann wie Wein verkostet werden. Die angebotenen Sorten werden nach Geschmack, Geruch, Aussehen und Farbe bewertet.

Zwischen 5000 und 6000 verschiedene Biersorten werden in Deutschland gebraut. Damit sind wir weltweit oben auf dem Siegertreppchen der Gerstensaftkaltschalen. Ganz vorn bei den lokalen Spezialitäten sind die süddeutschen Bundesländer, während in den neuen Bundesländern weniger Bier hergestellt wird.

Bier gibt es auch in warm. Igitt. Es schmeckt längst nicht so gut wie eisgekühltes Bier, soll aber gegen Erkältungen helfen. Warmes Bier ist damit besser als sein Ruf. Wissenschaftlich bewiesen ist seine Wirkung bei Krankheit jedoch nicht.

Echte Männer müssen vom Reinheitsgebot für Bier gehört haben. 1516 wurde das Reinheitsgebot eingeführt. Jährlich am 23. April erinnert der Deutsche Brauer-Bund an die Verordnung und Einführung dieses Gebots.

Der Grund dafür: Im Dunkelbier fanden sich Zutaten wie Ruß, Fliegenpilz oder Stechapfel. Dem sollte ein Ende gesetzt werden. Und warum? Es machte das Volk aufmüpfig. Der bei unseren Altvorderen allseits beliebte Berserkerrausch entstand unter anderem durch Sumpfporstbier. Seit 497 Jahren kommt nur noch Wasser, Malz, Hopfen und Hefe in deutsches Bier. Und weitere Dinge, die man nicht vermuten sollte. Lang lebe Mutter Chemie.

Bier ist ein echtes Männergetränk; egal ob mit oder ohne Alkohol. Besonders schön ist selbstverfertigtes Gebräu. So etwas gibt es sogar als Bausatz. Erfreut Euch und Eure Kumpels mal mit einer leckeren selbstgebrauten Gerstensaftkaltschale. Und selbst, wenn das Resultat keinen DLG-Preis bekommt...so erfüllt es doch mit Stolz.

Anbei einige weitere Weisheiten zum Bier:

1. *Bier kaltstellen ist auch irgendwie wie kochen.*
2. *Männer sind der lebende Beweis: Bier macht schön!*
3. *Alkoholfreies Bier ist wie Pantomime im Radio.*
4. *Bier holen ist auch Sport.*
5. *Das Flüssige muss ins Durstige!*
6. *Wahres Glück ist, wenn das Bier an einem heißen Tag wirklich kalt ist.*
7. *Hol Dir schnell ein Bier, wenn Deine Gesprächspartnerin wieder hässlich wird.*
8. *Echte Frauen drücken Dir beim Küssen ein Bier in die Hand.*
9. *Lästige Schamgefühle lassen sich mit Bier beseitigen.*
10. *Feierabend ist Hopfen-Smoothie-Zeit.*
11. *Spare Wasser...trink Bier!*

Wie auch immer...solange es schmeckt, wird es getrunken. Also hoch die Tassen. Viel hilft viel und macht auch noch viel Freude. Dazu große Teile toter Tiere vom Grill. Man hat ja sonst kaum Freude bei all den Verpflichtungen.

Apropos Grill...rate mal, was jetzt kommt.

"Grillen sie da etwa?"

"Nein. Auf diesem Altar opfere ich dem Höllengott Brutzlifer blöd fragende Nachbarn!"

Männer und ihr Grill

Grillen und Feuer machen...das macht Spaß! Beim Grillen dürfen keine Fehler unterlaufen. Echte Profis schaffen es auch, den Grill ohne Grillanzünder, Spiritus, Feuerzeug oder Streichhölzer anzufeuern. Survivalratgeber helfen mit praktischen Tipps weiter. Statt den üblichen Hilfsmitteln können eine Brille als Linse, trockenes Moos, Reisig oder kleine Äste weiterhelfen.

Die Freuden des archaischen Höhlenmenschen. Nichts gegen Gemüse, vor allem, wenn es von reichlich Fleisch begleitet wird. In dem Fall darf auch mal etwas Pflanzenzeugs mit auf den Rost. Aber: **Niemals Tofu.** Wer diesen pflanzlichen Sondermüll anschleppt, wird selbst auf den Rost geklopft.

Grillen darf natürlich jeder. Auch die Gnädigste. Aber anscheinend mag sie das nicht selber machen. Das ist ja so schmutzig. Und dann müffeln die Haare. Und dann auch noch anfeuern. Und auf einmal: „Schahaaaatz?"

Grillen für Männer:
Steaks und Bier.

Grillen für Frauen:
Pute, Tofu, Gemüse,
Mais, Salat, Feta, Hugo,
Alufolie, Deckchen,
Becherchen, Plastik...

Echte Männer und ihr Grillvergnügen

Männer konstruieren gute Grillgeräte selbst. Hast Du schon mal einen konventionellen Elektro-Grill einer bekannten Marke gekauft? Genau dann, wenn am Tisch das Fleisch das Brutzeln anfängt, schaltet das Thermostat ab, weil das Gerät eine bestimmte Temperatur erreicht hat. Zum Schutze des Anwenders, damit er sich die Pfoten nicht verbrennt. So dämlich, sich an dem Ding die Pfoten zu rösten, ist kein echter Mann. Aber er ist vor Hunger gestorben, weil das Zeug einfach nicht fertig geworden ist. Was er auch gemacht hat, das Fleisch ist einfach nicht gar geworden und trotz höchster Stufe auf 2000 Watt wurde das Grillgut nur lauwarm, es sei denn, Du willst mit Niedrig-Temperatur grillen. Das dauert zwar durchaus Stunden pro Steak, liefert aber ein brauchbares Ergebnis in Form von zartem Fleisch. Der Nachteil liegt auf der Hand: Gnädigste motzt stundenlang, weil sie Hunger schiebt und gerade an Unterzuckerung abnippelt.
Optimal ist eine geeignete Außenfläche. Dort wird ein männergerechter Smoker stationiert und bereits zu den frühen Morgenstunden jede nötige Vorbereitung dafür

getroffen, am Abend ein paar leckere Happen auf den Teller legen zu können. Du kannst mit dem Teilchen sogar „Dinge" räuchern. Forellen, Hühnerbeine, Käse…dem Einfallsreichtum sind keinerlei Grenzen gesetzt. Besonders schön ist, dass der Grillgeruch in luftiger Verbannung landet. So kann die Gnädigste nicht muffeln, weil es fettig riecht und in die frisch gewaschene Wäsche reinzieht.

Kurz noch ein wenig Steakologie:

Angefangen hat die Grillerei mit der Entdeckung des Feuers, also vor ca. 700 000 Jahren. Nachdem das Feuer entdeckt wurde, begann der Mensch auch schon damit, sein Fleisch am Feuer zuzubereiten. Die erlegten Tiere wollten nach der Jagd auch zum Verzehr zubereitet werden. Die ersten Steaks wurden gegrillt. Dass diese Fleischstücke noch nichts mit unserem Begriff des Steaks zu tun hatten ist klar. Aber im weitesten Sinne kann man den Ursprung schon in diese Zeit zurückdatieren. Es gibt leider sehr wenig Hinweise über das Grillen an sich und insbesondere über das Grillen von Steaks in den alten Kulturen. Jedoch hört und liest man zuweilen, dass bereits die Ägypter Fleischstücke vom Krokodil gegrillt haben, weil Sie halt diese gerade zur Hand hatten. Auch von den Römern sagt man, dass Sie Fleisch über dem Feuer gegart haben. Kurzum: Grillen läuft, seit es „Menschen" gibt und hat somit eine wirklich lange Tradition. Anscheinend ist es gesund, denn sonst gäbe es uns nicht mehr. Also ehren wir doch einfach unsere Ahnen, kloppen kräftig Fleisch auf den Rost und lassen es uns gut gehen. Auch, wenn das seit etlichen hunderttausenden von Jahren schon so läuft, gibt es keinen Grund, diesen Brauch zu vernachlässigen. Bon Appetit.

Leben als Rentner:

Sozialhilfe, Flaschen sammeln, Mülleimer durchsuchen.

Echte Männer und die Altersvorsorge

Und wieder eine Kurzgeschichte:

Heute schon geriestert?

Hurra! Mein Telefon bimmelt. Ein Anruf. Für mich. Freude.
Ich greife zum Hörer.
„Einen schönen Tag, Herr..."!
Eine sympathische Stimme einer sicherlich attraktiven Frau haucht mir auf subtil erotische Weise meinen Namen ins Ohr. Gänsehaut pur.
Dann ein Kontrollblick auf das Display.
Mistauch. Eine Falle. Ich kenne diese Nummer.
Meine heißgeliebte Hausbank. Das Unternehmen, das mir rotzfrech 15 % Zinsen auf den Disporahmen berechnet.
Egal. Die Maus hat einfach die ultimative Stimme. Dynamit. Wow.

Ja...ich mache den Termin. Und sei es, um ihr zu gefallen.

Ich freue mich schon auf...wen bitte? Herrn Müller? Wer in aller Welt ist Herr Müller? Dreck! Callcenter! Ich hasse Callcenter. Ich Depp, ich.

Medienbedingt weiß ich, dass meine Rente gerade mal für eine seniorengerechte Pappkiste unter der nächsten Brücke sowie Lebensmittel von den Tafeln reicht. Coole Aussichten.

Idyllisch. Mit den anderen zahnlosen Losern um die Reste aus dem Müll fighten.

Am Tag der Wahrheit betrete ich die Höhle des Löwen. Ich weiß: "Dilettanten überfallen eine Bank. Könner gründen eine."

Ich bin weder das eine noch das andere.

Herr Müller ist völlig anders, als ich ihn mir vorgestellt habe. Nicht irgend so ein alter Sack mit hoher Stirn und Froschaugenbrille. Müller ist der Typ „junger dynamischer Überflieger mit stereotypen Dauergrinsen und viel zu großem blauen Anzug".

Gleich zur Begrüßung erhalte ich ein Blatt in die Hand gedrückt, auf dem ich via Autogramm bestätigen soll, dass ich selbst ausdrücklich darauf bestanden haben soll, über die Riesterrente informiert zu werden.

So nicht, Bürschlein. Ich verweigere die Kooperation. Müllers freundliches Dauergrinsen wird deutlich frostiger.

Jetzt identifiziert er mich als Gegner, nicht als Opfer. Nach 50 Minuten mir unendlich vorkommender Litaneien über Förderquote, tolle Rendite und Zulage und Förderquote und tolle Rendite und Zulage bläst er erneut zum Angriff.

Er nötigt mir einen Kuli und einen Antrag auf, hypnotisiert mich versuchsweise und betet weiter das Mantra der Vorteile sowie den Imperativ des Unterschreibens. Alles zu meinem Besten. Reine Nächstenliebe. Geschenke vom Staat. Na warte, Du Monetärvampyr.

„Packen Sie es mir ein, ich nehme es mit. Dann recherchiere ich in Ruhe, überlege es mir und komme auf Sie zu."

Das gefrostete Müllergrinsen sinkt auf den absoluten Nullpunkt. Weltraumkälte. Mundwinkel um das markante Kinn geschlungen. Müller identifiziert mich nun nicht mehr als Gegner, sondern als Feind. Ich darf gehen müssen. Seine Drohung, mich anzurufen, kommt nicht uner-wartet.

Ich verlasse „Riester-Doom" mit zitternden Synapsen, wackligen Knien sowie post-riesterialem Schweiß auf der Stirn. Zu Hause höre ich meinen Anrufbeantworter ab. Es sind 6 Nachrichten. Eine ist von Müller.

Er bedankt sich nochmals für das angenehme Gespräch und bietet mir Entscheidungshilfe an.

Ich lösche die Nachricht. Genau wie die nächsten vier von HMI, ARAG, OVB und AWD.

Alles wegen Riester. Woher kennen die mich? Ich kenne die doch auch nicht. Will ich auch gar nicht. Der letzte Anruf ist von meiner Mutter. „Nie meldest Du Dich. Hast Du endlich abgenommen? Und...sag mal...tust Du inzwischen was für Deine Rente? Also...meine Bank hat da was gaaaaanz Tolles!"

„Bieeeeep". Gelöscht.

Ich suche am AB die Riester-Anrufer-Sperrfunktion. Gibt es aber nicht.

Am nächsten Tag hat mein Lebensmitteldiscounter zwar keinen Räucherlachs, dafür aber Riester-prospekte. Mein Kaffee-Dealer spendiert pro Riester-rente zwei Pfund Supimocca.

Alte Freunde erinnern sich an mich und rufen mich an. Sie berichten spontan und caritativ über Riester und die DVAG. Und...ich bin mir sicher...die Zeugen Jehovas an meiner Tür haben gar keinen Wachturm in der Hand, sondern die „Königreichs-Rente".

Abends sinke ich völlig paralysiert in meinen Lieblingsfernsehsessel. Bier, Fernbedienung und CSI. Von wegen CSI...Riesterwerbung von SAT bis RTL, von VIVA bis n-tv, von Teletext zu Teletext. Was genug ist, ist genug. Und das hier ist eindeutig zu viel. Ich befrage meinen allerbesten Freund Google.

Fazit: Riester lohnt sich. (In meinem Hirn triumphieren lautstark alle Müllers dieser Welt).

Man muss nur älter als 98 Jahre werden. Ansonsten: Dickes Defizit für den Kunden. Pech gehabt. Aus die Maus. Von Versicherungsmathematikern ganz ohne Zweifel bewiesen.

Ich vernehme tief in meinem Inneren die Klagelaute des Müller-Geldvampyrs. Dann trinke ich die restlichen neun Bier, lache laut und verbrenne den Antrag in meinem Papierkorb. Anschließend atomisiere ich den AB mit dem Hammer.

Irgendwo weit entfernt vernehme ich Müllers Schluchzen. Quote nicht erfüllt. Mecker vom Chef. Zur Strafe: Aktensortieren im Keller.

Nimm dies, Du Wurm.

Rache ist süß.

Nun denn, lieber Freund der Wahrheit. Nachdem Dir verkündet wurde, dass Altersvorsorge wichtig ist, ist es an der Zeit, sich der Realität zu stellen. Wenn all der Müll, den Dir Deine uneigennützigen Freunde *„Versicherungsfuzzi"* oder *„Banken-Schalterknecht"* anbieten, so toll ist…warum investieren dann weder Banken noch Versicherungsgesellschaften in den Krempel?

Warum kaufen sie all die schönen Insider-Aktien und Investment-Empfehlungen, die sich aussprechen, nicht für die eigenen Portfolios? Aus welchen Gründen nur? Ich kann es Dir verraten. Jeden Morgen steht ein Dummdödel auf, der betuppt werden will. Ein echter Mann lässt sich aber nicht veräppeln und hängt nicht am Haken oder im Schleppnetz der Kundenfischer. Banken haben einiges gemeinsam mit der Mafia. Man merkt es schon bei den jeweiligen Mitarbeitern. Bei beiden geht es um viel und vor allem fremdes Geld. Beide tragen bevorzugt Anzüge und wer mit den Behörden quatscht, sollte sich am Arbeitsplatz besser nicht mehr sehen lassen. Banken leihen Dir Geld gegen den Nachweis, dass Du es gar nicht brauchst. Aber nur dann. Ansonsten rettest DU die Banken vor der Pleite, ohne Deine paar Kröten Steuergeld jemals wiederzubekommen. Und ausgerechnet die Kollegen wollen Dir klarmachen, wie man mit Geld umzugehen hat? Kurz gesagt…glaube ihnen nicht. Die flunkern. Wie auch immer:

Kapitalaufbau ist wichtig…und es ist einer der wenigen Bereiche, in denen viel tatsächlich auch viel hilft. Und auch, wenn Geld Gefahrenpotential für einen untadeligen Charakter bietet, so kann es durchaus hilfreich sein. Allerdings ist das ohne Einkommen ziemlich schwierig. Daher widmen wir uns kurz dem Thema „Arbeitslosigkeit".

> **"Liebe Arbeitsagentur. Ich bin ein bescheidener Mensch. Bitte vergesst das mit dem Job. Ich begnüge mich mit dem Geld!"**

Echte Männer und die Arbeitslosigkeit

Ein Arbeitsloser erscheint beim Arbeitsamt. „Wie siehts aus? Haben Sie einen Job für mich?"
Der „Berater" antwortet: „Na klar. Mallorca, 20 Stunden die Woche, freier Swinmmingpool, Cocktailbar, Sektfrühstück, Buffet und 6.000 Euro pro Monat!"
„Wollen Sie mich verarschen?"
„Na hören Sie mal…SIE haben doch mit dem Blödsinn angefangen…"

Wieder eine unvermeidliche Geschichte unserer westlichen Leistungsgesellschaft. 8 Millionen Hartz-VI-Empfänger können nicht lügen. Anscheinend gibt es nicht ausreichend viele Stellen für das arbeitswillige Volk.
An und für sich sollte eigentlich die Allgemeinheit in der Lage sein, dieses Problem zu lösen. Aber anscheinend machen unsere Politiker genau das, was

Banken, Versicherungen und Industriebetriebe von ihnen erwarten: Sie helfen, die Konzerngewinne zu maximieren. Im Bereich von Konzerngewinnen ist kein Platz für den „Produktionsfaktor Arbeit", das sogenannte „Humankapital" oder, wie er früher genannt wurde, den Knecht oder Mietsklaven.

Du bist ein echter Mann und kennst Startrek? Da gibt es diese tollen Replikatoren. Ein Knöpfchendruck reicht und Du bekommst wahlweise einen Drink, ein Menue, Leckerlis oder einen gepflegten Kaffee etc. frei Haus geliefert. Absolut beeindruckend.

Maschinen dienen dazu, den Menschen das Leben leichter zu machen und wer nicht bei der Sternenflotte die Gelegenheit nutzt, Klingonen oder anderes übles Gelichter zu verkloppen, darf Dinge tun: Kunst, Kultur oder was auch immer. Wie schön Fiktionen doch sein können. In der harten Arbeitsalltagsrealität ist es leider Gottes anders. Du bist ein Rädchen in der Maschinerie der Profitoptimierung und wirst aller Wahrscheinlichkeit niemals auf einen grünen Zweig kommen, wenn Du Dich dem System unterordnest. Vergiss ein sorgenfreies Leben im Alter. Womit denn auch?

Die Arbeitslosigkeit ist ein Massenphänomen und wird deshalb gern unter den Teppich gekehrt. Ab und an findet sie Erwähnung im TV und man demonstriert in Talkshows mit Beispielen aus der Realität, dass Arbeitslose nur faules und unwilliges Gesindel sind. Aaaaaah ja.

Mal für den geneigten Freund des Dreisatzes: Wir haben derzeit geschätzte 8.000.000 Hartz-IV-Empfänger und am deutschen Arbeitsmarkt cirka 500.000 freie Stellen.

Der Hinweis sei erlaubt: Es sind nicht permanent die selben Stellen...es ist sozusagen ein rollierendes Verfahren mit zum Teil regionalen Eigenheiten. Wenn jetzt jede Stelle sofort besetzt werden würde, dann hätten wir noch 7.500.000 Hartz-IV-Empfänger, vorbehaltlich der Tatsache, dass die soeben vergebenen Stellen immerhin ein Einkommen über dem Mindesteinkommen bieten würden.

Schuld an der Misere ist laut offizieller Meinung meist der Arbeitslose. Klar, wer auch sonst? Ein deutsches Phänomen: Wir finden Schuldige, die sich möglichst nicht wehren können, dreschen pausenlos auf ihnen herum und lassen die Probleme so, wie sie sind oder verschlimmern sie.

Besonders witzig: Die Bundesagentur für Bürger-Unterdrückung, Nervtöterei, Zwangsarbeit und Leistungskürzungen...pardon, ich ließ mich hinreißen ...einen Moment bitte...also die Arbeitsagenturen, deren Führungskräfte fette Bonifikationen für die Streichung oder Reduzierung von Transfer-Leistungen bekommen, verfügen über 107.000 Mitarbeiter/innen (lt. Wikipedia). Diese vermitteln 20% der offenen Stellen und rechnen es sich sogar als Erfolg an, wenn sich ein Arbeitsloser (Kunde) aus Eigeninitiative einen Job organisiert hat.

Bedeutet das im Optimalfall tatsächlich, dass jeder Mitarbeiter dieser Behörde pro Mitarbeiternase jeweils einen Arbeitslosen in eine Stelle vermittelt? Dreisatzrechnung hat was. Aus der Sicht der Arbeitsagentur steht nicht mehr die Vermittlung, sondern die Qualifizierung an erster Stelle. Also hopp und ab in die nächste Maßnahme. Das bringt dann viele viele zusätzlich qualifizierte Arbeitslose, die es auch bleiben werden, weil es nach wie vor keine Jobs gibt. Cool.

Und nun die besonders miese Nachricht: Durch die Automatisation, die aus den Konzerngewinnen, die durch die Arbeitnehmer erwirtschaftet wurden, finanziert wird, gehen immer mehr sozial-versicherungspflichtige Tätigkeiten über die Wupper. Zukunftsforscher gehen davon aus, dass mittelfristig 90% (*echter Mann*...halte Dich fest) der Jobs den Bach runtergehen werden. Das bedeutet in absehbarer Zeit den Zusammenbruch der kompletten Infrastruktur für die Arbeit-nehmerschaft und wirft die Frage auf, an wen die Industrie zukünftig den Mist verkloppen möchte, den sie herstellt.

Weiterhin gilt: Keine Jobs – keine Sozialver-sicherungsbeiträge – keine Sozialtransferleistungen – keine Renten. Zieht Euch warm an...und dann gleich wieder aus, denn es wird heiß hergehen.

Die Wahrheit ist, dass sogenannte Jobs nur einen einzigen Hintergedanken haben: Billige Arbeitskräfte erwirtschaften die Gewinne der Konzerne und bekommen ein paar Krümelchen wieder ab, die sie dann dafür aufwenden dürfen, Produkte eben dieser Konzerne zu erwerben. Eine dauerhafte Abhängigkeit, die erst auf dem Sterbebett enden wird.

Fazit: Auch echte Männer haben es hier nicht leicht. Jungs...geht das Risiko ein, macht Euch Gedanken über gute Geschäftsideen und versucht es mit der Selbständigkeit. Frei nach den Bremer Stadt-musikanten: *„Etwas Besseres als den Tod finden wir überall, sprach der Esel!"*

Also...Eigeninitiative kann helfen. Wagt etwas...für Euch.

Anbei noch ein Flachwitz aus der Arbeitslosenwelt:

Ein Malermeister im Arbeitsamt: „Ich brauche dringen eine Arbeitskraft. Habt ihr da nicht irgendwen für mich?"
Vermittler: „Tut mir leid mein Herr, aber Maler sind zur Zeit rar. Wir hätten da noch einen arbeitslosen Gynäkologen."
Nach einigem Hin und Her stimmt der Malermeister zu.
Nach 4 Wochen ruft der Vermittler den Malermeister an und fragt:
„Was ist denn mit dem Gynäkologen? Wir hätten da jetzt nämlich einen Maler für sie."
Daraufhin der Malermeister:"Auf keinen Fall. Den geb ich nicht mehr her. Das ist unser bester Mann. Oder kennen Sie jemanden, der eine Wohnung komplett durch den Briefschlitz tapezieren kann?"

Und weil es so schön war:

Unterhalten sich zwei Deutsche über den Stand der Arbeitslosigkeit und überlegen, was man denn wie besser machen könnte. Darauf der Ossi: "Ich wäre dafür, dass man die Mauer wieder aufbaut. Bei uns hatte man Arbeit! Arbeitslosigkeit gabs bei weitem nicht in dem Ausmaß. Jedes Jahr wurden unsere Produktionszahlen verbessert..." Meinte der Wessi: "Ich glaub, da hast Du recht. Wir könnten damit wirklich was erreichen. Wir machen Sie dann auch noch zwei Meter höher und komplett aus Panzerglas"
"Wieso denn das ?"
„Damit der Osten sieht, wie schnell sich der Westen erholt!"

Mobbing?

Andere reden nur darüber...WIR machen es!

Echte Männer und Mobbing

Echte Männer mobben nicht. Punktaus. Echte Männer sagen ihre Meinung und schaffen es meistens, ihren Standpunkt zu vertreten und klarzumachen. Für den Fall der Fälle haben wir immer noch die Möglichkeit, dem Mistkerl, der so etwas wie Mobbing macht, was auf die Nase zu geben. Nichts geht über eine klare Ansage, die ein deutliches „Nein" zu Mobbing zum Ausdruck bringt. Mobbing ist der Weg der Heimtücke und bleibt Feiglingen und Weicheiern vorbehalten. Setzt Euch für die Schwachen ein und sorgt dafür, dass der Unsinn so schnell wie möglich endet. Mobbing ist das ehrlose Verhalten von schwanzlosen Mistkröten und somit nicht zu billigen.

Zitat Erich Kästner: *„An allem Unfug, der passiert, sind nicht etwa nur die schuld, die ihn tun, sondern auch die, die ihn nicht verhindern."*

Danke für Euren Einsatz, Männer.

Die drei größten Krisen im Leben eines Mannes:

Frau weg - Job weg - Kratzer im Lack.

Echte Männer und Autos

Endlich wieder ein geiles Thema, oder nicht? Und nun die schlechte Nachricht…so lange dauert es auch wieder nicht. Aber immerhin kommt es vor.

Autos sind anscheinend Lebewesen: Sie qualmen, saufen und gelegentlich bumsen sie. Vielleicht ist das der Grund, warum Männer Autos so verehren. Ansonsten kann es natürlich auch die Kompensation eines Microdödels sein. Oder einfach nur guter alternativ schlechter Geschmack.

Also, Kumpel: Solltest Du in irgendeinem mega-getunten Fussel-Kinderauto a la Golf oder Seat unterwegs sein und mit Deinen völlig übergroßen Boxen die Innenstadt zum Einsturz bringen, dann bist Du falsch bei den echten Männern. Falsches Fahrzeug, schlechter Geschmack und dann auch noch stillos.

Besonders abturnend sind Vehikel wie die allseits belachte A-Klasse. Diese Dinger können nur eins …die Rolle seitwärts. Böse Zungen nennen die Dinger

„Baby-Benz" und basteln Stützräder dran. Das Hauptproblem hatten diese Spielzeugautos für die gelangweilte Hausfrau zu den Zeiten des Elchtests mit den Tierschutzvereinen. Es hatten sich zu viele Elche totgelacht, als sie die Dinger im leichten Galopp überholten. Also besorgt Euch männliche Autos. Solche Dinger für echte Kerle. Apropos:

Es zeugt nicht von Männlichkeit, mit runtergekurbeltem Fenster und raushängendem Ellenbogen Tussis anzugraben. Es sei denn, dass der Charakter so minimalistisch ausgebildet ist, dass es der kleine Baggerkönig nicht rafft, dass Gnädigste tatsächlich nur das Auto toll findet oder hofft, dass sich dahinter ein potenzieller Ernährer mit dicker Brieftasche befindet. Das zeigt uns, dass Blödheit ein gesamtmenschliches Phänomen ist.

Kennst Du DEN schon?

Ein Mantafahrer, ein BMW-Fahrer und ein Daimlerfahrer hängen am Lügendetektor.
Daimler: "Ich denke, ich habe das schönste Auto."
"Piep!"
BMW: "Ich denke, ich habe das schnellste Auto."
"Piep!"
Manta: "Ich denke..." "Piep! Piep! Piep!"

Autos mit Stil gibt es natürlich auch: Daimler (ohne A-Klasse), Rolls Roye, Bentley, Düsenberg, Panther, Classic Cars aus den Staaten oder frisch importiert von Kuba. Autos dürfen durchaus hübsch sein und eine gewisse Dekadenz vermitteln. Der Oberhammer ist ein Rolls Phantom von 1928 und entsprechend völlig unbezahlbar. Aber immerhin gibt es Repliken.

Lieber einen guten Nachbau, als in einem Golf, Skoda, Fiat oder Smart auf den Strassen gesehen zu werden.

Schnelle Autos? Die Antwort lautet Muscle Cars. Wenn schon – denn schon. Da weiß man, was man hat. Und rüstet die Biester um. Sonst saufen die Euch arm. Oder werdet reich. Das könnte helfen.

Im Rahmen sogenannten sportlichen Fahrens ist Porsche noch im Rahmen. Aber Ferrari, Lamborghini und viel schlimmer noch…die Corvette sind feuerrote Spielmobile für Lehrer, Verwaltungsfuzzis, Diplompsychologen, Buchhalter und Zuhälter. Genau die richtigen Vehikel für diejenigen, die in der Schule nicht mal als Nerds durchgegangen sind, weil selbst es dafür nicht gereicht hat. Siehe *„Kompensation eines kleinen Dödels"*.

Immerhin bekommt der Fahrer einer solchen Mistmöhre ab und zu eine blondierte und ondulierte Friseuse im Leopardenmini ins Bett. Nun…wem es reicht? Einem echten Mann jedenfalls nicht.

Für jeden Menschen, der Big Brother oder das Dschungelcamp ansieht, begeht irgendwo ein gutes Buch Selbstmord.

Echte Männer und das Fernsehen

Also, Jungs…das geht so nicht weiter. Wollt Ihr tatsächlich weiter Eure wertvolle Lebenszeit dem Fernsehen widmen? Wenn es wenigstens der Science-Channel wäre.

Ich habe auch Verständnis für eine gute Comedy. Manchmal muss die Seele einfach mal baumeln und wieder eine gesunde Basis finden.

Aber „Dämlich-TV" und echte Männer…so etwas passt einfach nicht zusammen. Es ist eine Beleidigung der menschlichen Intelligenz. Und auch, wenn viele Kollegen auf deren Anwendung verzichten, ist sie doch vorhanden und kann aktiviert werden. Anbei eine meiner zugleich beliebten und berüchtigten Kurzgeschichten. Schließlich sollt Ihr ja was für Euer Geld bekommen.

Und wieder ist es an der Zeit für Frohsinn. Eine Kurzgeschichte zum Thema „Mein Freund TV".

TV ist geil.

Zweifelsohne ist Fernsehen eine der wirklich großen Erfindungen der Menschheit. Ich könnte nicht mehr ohne. Es ist einfach toll. Easy. Lustig. Unterhaltsam. Lehrreich. Inspirierend. Informativ.

Dank des Fernsehens sind Schulen, Universitäten, Bibliotheken und andere ehemalige Tempel des Wissens nahezu überflüssig geworden. Fernsehen eröffnet eine schiere Unendlichkeit neuer Perspektiven und Möglichkeiten, die sich mir sonst niemals offenbart hätten. Durch das Fernsehen habe ich gelernt, dass die Geschichte der Menstruation aus Missverständnissen besteht und Frauen blaublütig sind. Die Ersatzflüssigkeit beweist es eindeutig.

Mein Schneidebrett in der Küche hat mehr Krankheitskeime als meine Klobrille. Ohne den reichhaltigen Einsatz von WischWaschWeg bin ich zum Tode verurteilt. Also kaufe ich es. *„Who wants to live forever“?* Ganz klar…ich!

Dank Vital-Cornflakes kann ich endlich so viel essen, wie ich will. Wenn auch nur von den ollen Flocken. Aber egal. Der Bauch muss weg. Wenn das Aroma von Altpapier und ein „Mouthfeel" von Wellpappe helfen, dann her damit. Meine inzwischen vorhandene Anämie bekomme ich schon wieder in den Griff. Ich liebe die längste Praline der Welt und möchte zu gern Jana aus Werle damit erobern.

Wo steckt das Luder nur?

Vielleicht bei Vera? Oder Britt? Das Tagesthema...

„Ich stehe auf Dreier und bin Schokoholic!"

Ich muss mich endlich casten lassen. Jauch, Supertalent, Superstar, Suppenküche…wie sind die bisher ohne mich ausgekommen? Ich komme doch auch nicht ohne die aus.

Die Küchenchefs und Kochprofis, Rosin, Zacherl, Hensler, Rach, der sauertöpfische Magenbitterling, Küchenschlacht und Kochduell und die anschließende Knorr-Werbung mit Pfanni-Gefühl...ich könnte nicht mehr ohne.

Seit Arabella weiß die Menschheit um einen neu zu berücksichtigen Hominiden innerhalb der Evolutionstheorie. Er ist dem Homo Sapiens nachgelagert. Ich nenne ihn den Homo Vulgaris. Keine Steigerung, sondern Degeneration.

Er beherrscht einen nahezu aufrechten Gang und trägt gepflegte Jogging-Kleidung und Goldkettchen. Er kommuniziert gelegentlich sogar in 3-Wort-Sätzen mit meist pseudo-osmanischem Akzent und ernährt sich von in Junk-Food umgesetzte Hartz4-Leistungen. Sein Verhalten ähnelt dem eines wütenden Berggorilla-Männchens.

Grunzen, Brüllen, Zähne fletschen und mit den Fäusten auf der Brust trommelnd. Das Bildungsniveau einer Pellkartoffel. Die Weibchen präsentieren im Hugo-Rausch wahlweise Gesäß oder Oberweite. Köln 50667? Kira macht ein Dessous-Fotoshooting? Geil...da ziehe ich auch ein. DAS will ich. Lasst mich teilhaben.

BigBrother und Utopia, GZSZ und Verbotene Liebe ...mein TV Tag hat 25 Stunden und ich überstehe ihn schlaflos Dank Kaffee, Cola, Chips und mehreren 40"-Monitoren in Küche, Bad, Keller und Garage. Künftig werde ich meine Sätze erheblich kürzen. Es geht bestimmt viel schlichter. Ich werde öfter brüllen. Mir maskulin in den Schritt greifen. Mich fortwährend am Hintern kratzen. Man lernt dazu...boah ey...krass.

Bier und Bild statt Cabernet Sauvignon und Handelsblatt. Ab morgen beginne auch ich mit Frauentausch. Ich will so ein prolliges Homo-Vulgaris-Weibchen mit riesigen Hupen und in hirnlos. Wir werden uns paaren, bis die sich die Tapeten von den Wänden rollen und weitere Homo Vulgaris-Brut in die Welt setzen. Für die strengsten Eltern der Welt.

Dann lassen wir uns die Supernanny kommen. Und legen sie flach. Gemeinsam.

Als finalen Kick treffen wir uns dann bei Barbara Salesch. Der rotschopfige Paragrafen-Pumuckel versteht uns zwar, muss uns aber dennoch zur Therapie verurteilen. Bei Verena Breitenbach. Oder Kallwass. Das mit den Prozesskosten regelt der Requard. Und Hagen hilft.

Danach wird ausgewandert. Nach Lampukistan. Wir sehen uns dann wieder bei RTL. Zur besten Sendezeit. Zappen verboten, klar ey? Sonst hol isch mein Brüder. Soweit dazu. Niveau ist keine Creme und TV ist schlecht für die Birne. Das Volk wird immer dämlicher, weil Brot und Spiele einfacher zu konsumieren sind als Bildung. Denk-Leistungen zu erbringen oder irgendwie Kreativität an den Tag zu legen, ist anscheinend nicht mehr opportun. Die Sprache wird immer schlechter, die Nachrichten immer verlogener, die Werbung immer dämlicher und der Betrachter sabbert sich das Hirn aus dem weit offenstehendem Mund, in den im Sekundentakt Chips gestopft werden. Macht Euch frei davon und beendet die selbstgewählte Versklavung durch den Seelendieb. Echte Männer denken, handeln und haben mehr drauf als Dschungelcamp und anderen dabei zuzusehen, wie sie mit Autos im Kreis fahren und *brumm brumm* machen.

> **Bei Politik und Wein merkst Du erst hinterher, welche Flaschen Du gewählt hast.**

Echte Männer und Politik

Politik. Was ist das eigentlich? Politik ist nichts anderes als Geschäftsvermittlung; sei es kommunal, national oder international. Und da haben wir schon das Problem. Politiker werden vom Volk gewählt, um dessen Interessen zu vertreten und bekommen dafür kräftig Geld. Die sogenannten Diäten werden immer mehr anstatt weniger und die Leistungen der Herrschaften um so erbärmlicher.

Eine flotte Mischung aus Lobbygeklüngel und Selbstbereicherung, Vorstandsmandaten, Beraterverträgen, Korruption und Korrumption…nie war man unverfrorener als heute. Dazu werden dem Wähler Lügen aufgetischt, die jeden denkenden Menschen beleidigen.

Oder denkt man tatsächlich, der Wähler würde den Unfug noch glauben? Was wurde uns in den letzten Jahren an Bären aufgebunden.

1. *Wir haben Vollbeschäftigung. (8 Millionen Hartz-4-Empfänger sind doch keine Größe)*
2. *Der Islam gehört zu Deutschland. (Ist das so? Wenn ja...wie lange gibt es Deutschland noch?)*
3. *Niemand hat die Absicht, in den Krieg zu ziehen! (Angela M. zu den Themen Ukraine, Syrien und Afghanistan)*
4. *Die deutsche Einheit wird niemanden auch nur eine Mark kosten (Vielen Dank, Helmut Kohl)*
5. *Würden Sie eine große Koalition eingehen, Herr Gabriel? („NEIN!")*
6. *Aus „Atomausstieg jetzt und nicht in 30 Jahren" wurde „Atomausstieg in 30 Jahren...bloß nicht jetzt!"*
7. *Die Türken haben Deutschland nach dem Krieg aufgebaut. (Danke, Frau Roth. Meine Oma war demnach Türkin?)*
8. *Die Rente ist sicher. (Klar, Nobby)*
9. *Mit MIR wird es keine PKW-Maut geben (Angela M., Uckermarck)*
10. *Arbeit muss sich wieder lohnen (FDP)*

So...das mag lügentechnisch reichen. Es gibt so viele davon, die sich alle über unseren Freund Internet präsentieren. Dürfen es ein paar mehr sein? Hunderte? Tausende?

Glaubt hier irgendjemand, dass Millionen von nicht ausgebildeten Menschen aus aller Herren Ländern hier im Lande jemals einer sozialversicherungspflichtigen Arbeit nachgehen werden? Glaubt jemand noch, dass sie eine Bereicherung für unser Land sind? Glaubt jemand, dass alles gut wird?

Echte Männer lassen sich nicht verarschen. Richtige Männer nehmen ihr Schicksal in die Hand und überlassen es nicht anderen, die es mit Füßen treten.

Wenn ich mich gelegentlich zu drastischen Worten hinreißen lasse, dann nur, weil mein Intellekt mächtig angepisst ist, da er permanent beleidigt wird.

Politik ist ein infames Geschäft. Die Handelsvertreter der Industriebetriebe, Banken und Versicherungen lügen, dass sich die Balken nicht nur biegen, sondern zu Zahnstochern zerfallen. Kleingeschreddert durch die Sägewerke an der Moral. Der Bürger wird durch die von Politikern verwalteten Medien belogen, betrogen und eingeschüchtert, dass ihm vor lauter Angst jedes Mittel recht ist, das eine relative Normalität wieder herstellen könnte.

Die Abschaffung von Bürgerrechten, dem Bank- und Postgeheimnis, der Internetbespitzelung, Auswertung aller persönlichen Daten und Vorratsdatenspeicherung, den neuen EU-Toleranzgesetzen, dem Generalverdacht der Steuerhinterziehung, Bundeswehreinsätzen im Ausland oder oder oder…Orwell hätte sich in seinen kühnsten Träumen nicht vorstellen können, dass die Realität die Befürchtungen seines Buches 1984 so brutal übertreffen würde.

Egal, ob deutsche Politik, EU-Politik oder Weltpolitik …die Lügengebäude sind tausendfach höher als die Twin-Towers es jemals gewesen sind und stellen alles in einen Schatten, der ganze Kontinente verdunkelt.

Echte Männer lassen sich diese Infamie nicht bieten und überlassen niemandem das Feld, der ihnen auch noch die letzten Krümel stiehlt und ihre Freiheit abschafft. Also engagiert Euch nachhaltig und außerhalb jener Parteien, die Euch seit Gründung der Bundesrepublik immer wieder goldene Berge versprochen, aber nur Rechnungen an den Hals gerkloppt haben. Nur die allerdümmsten Kälber wählen ihren Schlachter selber.

Überprüft kritisch die Euch täglich um die Ohren gehauenen Informationen von Film, Funk Internet und Fernsehen auf Wahrheitsgehalt. Ihr seid diejenigen, die die Zeche zu bezahlen haben. Lasst Euch nicht jeden Quatsch für bare Münze verkaufen und Euch die Butter vom Brot nehmen.

Apropos: Pro Kopf ist der deutsche Bürgern mit 26.800 Euro verschuldet. Habt Ihr mal darüber nachgedacht, wer da auf Eure Kappe Miese gemacht hat, ohne Euch zu fragen oder Euch was davon abzugeben? Nutzt einfach die Euch von der Schöpfung spendierte Einheit „Hirn" und macht was draus. Danke dafür.

Bei Hitze bitte keine Tiere oder Kinder im Auto lassen. Das gilt nicht für Schwiegermütter. Drachen lieben Hitze!

Echte Männer und Haustiere

Nun wieder ein freundlicheres Thema. Der beste Freund des Menschen ist natürlich der Whiskey. Dicht gefolgt vom BBQ. Und dem Bier. Na gut, es gibt auch noch Frau und Kinder. Aber dann folgt er endlich, der allerbeste Freund. Dein Haustier.

Ohne Tierhaare auf den Polstermöbeln ist man doch überhaupt nicht richtig eingerichtet. Und Tierhaare sind wichtig. Sonst hätte man sich Fische zugelegt. Oder Spinnen. Oder Reptilien. Oder Insekten. Oder andere, völlig unkuschlige Kollegen, mit denen man nicht mal knuddeln oder toben kann.

An richtigen Haustieren gibt es eigentlich keine so riesige Auswahl: Die Stars der Szene sind Hunde, Katzen, Kaninchen, Meerschweinchen, Hamster, Ratten und Mäuse. Auf Exoten wie Frettchen, Wiesel oder Marder verzichten wir einfach mal.

Der Unterschied zwischen Hunden, Katzen und Kaninchen: Hunde kommen, wenn sie gerufen werden. Katzen nehmen die Mitteilung zur Kenntnis und kommen gelegentlich darauf zurück. Kaninchen tauchen gar nicht erst auf.

Hunde haben ein Herrchen oder Frauchen - Katzen haben Personal. Kaninchen haben untereinander Spaß, werden aber gern gefüttert und ersparen sich soziale Kontakte außerhalb der Kaninchenwelt, wann immer es nur geht.
Katzen sitzen immer an der falschen Seite einer Tür. Lässt man sie raus, wollen sie rein – lässt man sie rein, wollen sie raus. Ein Hund wird sich an drei Tage Freundlichkeit drei Jahre lang erinnern, eine Katze wird drei Jahre Freundlichkeit nach drei Tagen vergessen. Katzen wurden bis vor 2.000 Jahren noch von Menschen als Götter verehrt. Als dieser Brauch dann eingestellt wurde, hat man versäumt, die Stubentiger darüber zu informieren. Eine Katze guckt Dich komisch an, wenn Du die Haustür reinkommst. Wahrscheinlich wundert sie sich, dass Du einen Schlüssel für ihre Wohnung hast.

Was ist nun das richtige Haustier für einen echten Mann? Ach herrjee…wenn man das nur wüsste. Für ruhige Minuten vor dem Fernseher ist die Katze ganz vorn. Katzenschnurren beruhigt wirklich unglaublich. Außerden kommunizieren Katzen sehr interaktiv. Sie entwickeln eine eigene Sprache nur für den Umgang mit ihren Lakaien.
Hunde beschränken sich da eher auf einen treudoofen Blick und heftiges Schwanzwedeln. Hunde müssen immer wieder raus. Hundeklos in der Wohnung wären

unvorstellbar. Katzen hingegen sind da unkompliziert und gehen bei Neigungen sogar auf die menschliche Porzellanschüssel. Nur nicht, wenn ihre Menschen das wollen. Wo käme Katz denn dahin, hä? Cool, gell?

Die Katze behält ihren feien Willen, auch wenn sie dich liebt, und sie wird nichts für dich tun, was sie für unangemessen oder unpassend hält. Man muss Katzen nicht beibringen, wie man es sich gemütlich macht; in dieser Hinsicht sind sie von unerschöpflichem Erfindergeist.

Katzen apportieren nur selten, lassen sich aber mit jedem Feudel bis zur Extase bespaßen. Ein Hund springt zu dir aufs Bett, weil er gern in deiner Nähe ist. Eine Katze tut es nur, weil sie dein Bett liebt.

Sie wird Dich primär sowieso nur als Dosenöffner sehen. Aber gutes Werkzeug hat auf jeden Fall einen gewissen Stellenwert. Katzen gibt es auch in schwarz. Die sind dann mit gewissen Vorurteilen behaftet. Die Erfahrung zeigt aber, dass sie höchstens ein Problem für Mäuse oder, wenn sie miese Laune haben, Deinen Handrücken darstellen.

Allerdings neigen sie stark zum Schmollen und honorieren unangemessenes Verhalten auf beeindruckende Art und Weise mit Duftstoffen, die an andere, schwarz-weiß gemusterte Puscheltierchen, die gern mal auf den Vorderpfoten und im Rückwärtsgang daherkommen, erinnern.

Also: Katzen brauchen mehr Hausservice, dafür bleiben Dir Spaziergänge bei Wind und Wetter wie bei der Hundentleerung erspart.

Volle Hunde in der Wohnung sind nicht gut. Glaube mir das bitte. Der Vorteil der Hundeleerung besteht darin, dass es einfach fit macht. Tütchen mitnehmen, bücken, latschen, wegschmeißen, und wieder weiter latschen, den ausgebüchsten Mistköter wiederfinden Das macht fit.

Hunde sind einfach die dankbareren Begleiter, haben Funfaktor für Ball- und Wurfsportarten, treudoofe Augen, Schwanzwedeln und vermitteln Dir das Gefühl, dass sie Dich voll verstehen, was sie natürlich nicht tun. Aber wenn sie Dich als Rudelführer akzeptiert haben, dann sind sie loyal bis in den Tod und immer für Dich da.

Ach ja. Noch etwas Hübsches: Hunde helfen Dir dabei, andere Menschen kennenzulernen. Speziell bei einem Bedarf an Kontakten zum anderen Geschlecht kann das elementar hilfreich sein.

Neulich auf der Hundewiese, oder auch: Dein neuer Weggefährte macht da schon was für Dich klar. Und dann drück Dir einfach selbst die Daumen, dass Wauzi die hässliche Töle von der hübschen Maus vor Dir mag. Dann geht alles wie von selbst.

Suche es Dir einfach aus und, wenn Du Dich nicht entscheiden kannst, nimm beides. Und mach mich nicht verantwortlich für diesen selten blöden Ratschlag. Gehe Deinen eigenen Entscheidungs-findungsweg, echter Mann.

Und wenn Du den Weg schon gehst, dann komm nicht in schlechte Gesellschaft. Bürokraten zum Beispiel solltest Du wo und wann auch immer ausweichen.

> **Bürokraten sind so arm, dass sie sich nicht mal Charakter leisten können.**

Echte Männer und die Bürokratie.

Herzlich willkommen im DEM Land, in dem die Bürokratie zwar nicht erfunden, aber in all ihrem Schrecken perfektioniert wurde.

Du warst sicherlich schon einmal im Haus das Verrückte macht, oder? So wie Asterix und Obelix im Kampf gegen Cäsar.

Von der Wiege bis zur Bahre…Formulare, Formulare. Kompetenzgerangel, Kaffeepause, kein Bock, Desinteresse, überfordertes Personal, nicht auffindbares Personal, krankes Personal …da herrscht stets eitel Freude.

Es hat sich bis heute anscheinend nur bei der Minderheit der öffentlich Bediensteten herumgesprochen, dass das Wort „Dienst" eine bestimmte Bedeutung hat. Eingentlich sollte Ihr doch der Öffentlichkeit dienen, Ihr lustigen Gesellinnen und Gesellen. Ihr seid nicht die Beherrscher, sondern die Diener des Volkes und werdet dafür vom Volk durchaus großzügig bezahlt. Und umgekehrt, liebe echte Männer…lasst Euch nicht alles gefallen. Was macht eigentlich ein echter Mann als *Mitarbeiter* einer Behörde?

Oha. Das klingt nach einem echten Dilemma. Ist es aber nicht. Gerade an den Quellen des Übels lässt sich doch ganz hervorragend für die Menschen Positives bewirken.

Egal, ob Ihr im Rathaus, Finanzamt, Einwohnermeldeamt oder wo auch immer gelandet seid. Tragt bitte zur allgemeinen Verbesserung bei und reformiert die Läden von innen. Wenn jeder dem anderen helfen würde, dann wäre allen geholfen.

Nun mal zu einigen lustigen Dingen aus der deutschen Bürokratenwelt. Sonst glaubt mir das wieder keiner. Diese Fundstücke stammen von ariva.de. Vielen Dank dafür.

Stirbt ein Bediensteter während einer Dienstreise, so ist damit die Dienstreise beendet. (Kommentar zum Bundesreisekostengesetz)

Der Tod stellt aus versorgungsrechtlicher Sicht die stärkste Form der Dienstunfähigkeit dar. (Unterrichtsblätter für die Bundeswehrverwaltung)

Es ist nicht möglich, den Tod eines Steuerpflichtigen als dauernde Berufsunfähigkeit im Sinne von §16 Abs. 1 Satz 3 EStG zu werten und demgemäß den erhöhten Freibetrag abzuziehen. (Bundessteuerblatt)

Ehefrauen, die ihren Mann erschießen, haben nach einer Entscheidung des BSG keinen Anspruch auf Witwenrente. (Verbandsblatt des Bayrischen Einzelhandels)

In Nr. 2 ist in Spalte 2 das Wort Parkplatz durch die Worte Platz zum Parken zu ersetzen. (Ausschussempfehlung zum Bußgeldkatalog)

Das Lutschen eines Hustenbonbons durch einen erkälteten Zeugen stellt keine Ungebühr im Sinne von §178 GVG dar. (Beschluss des OLG Schleswig)

Eine Pflanze gilt als befallen, wenn sich in ihr mindestens eine Schildlaus befindet, die nachweislich nicht tot ist. (Der Hobbygärtner)

Ausfuhrbestimmungen sind Erklärungen zu den Erklärungen, mit denen man eine Erklärung erklärt. (Protokoll im Wirtschaftsministerium)

Margarine im Sinne dieser Leitsätze ist Margarine im Sinne des Margarinegestzes. (Deutsches Lebensmittelbuch)

Ein Ehemann hat in der Regel seinen Wohnsitz dort, wo sich seine Familie befindet (BFH BStBl 85, 331). Ein Verschollener hat seinen Wohnsitz bei der Ehefrau (FG Düsseldorf EFG 58, 144). (Kommentar zur Abgabenordnung von Klein/Orlopp)

An sich nicht erstattbare Kosten des arbeitsgerichtlichen Verfahrens erster Instanz sind insoweit erstattbar, als durch sie erstattbare Kosten erspart bleiben. (Beschluss des Landesarbeitsgerichts Rheinland-Pfalz)

Die Fürsorge umfasst den lebenden Menschen einschließlich der Abwicklung des gelebt habenden Menschen. (Vorschrift Kriegsgräberfürsorge)

Besteht ein Personalrat aus einer Person, erübrigt sich die Trennung nach Geschlechtern. (Info des Deutschen Lehrerverbandes Hessen)

Die einmalige Zahlung wird für jeden Berechtigten nur einmal gewährt. (Gesetz über die Anpassung von Versorgungsbezügen)

Grandios. Eine einmalige Zahlung ist eine einmalige Zahlung. Gut, dass das mal geklärt wurde. Welche Geistesriesen sich wohl solche Dinge ausdenken mögen? Grundgütiger. Es steht allerdings völlig außer Frage, dass die Führungspostionen in Ämtern und Behörden nach Parteibuch vergeben werden.

Und da haben wir wieder den Salat. Wann immer die Parteien ihren Klüngel pflegen und braven Parteisoldaten die Jobs zuschustern, wird sich in diesem Land kaum etwas ändern. Denn geändert wird nur durch Menschen. Anscheinend ist der Wille zur Veränderung nur übersichtlich vorhanden. Bürokraten haben sogar eine eigene Sprache. Das Amtsdeutsch.

Amtsdeutsch ist so verbreitet, dass jeder schon einmal damit Bekanntschaft gemacht hat. Deshalb wird es auch gern parodiert. Schließlich hat es einen hohen Unterhaltungs- und Wiedererkennungswert. Gönnen wir uns mal einen Klassiker aus dem Internet. Das gute, alte Rotkäppchen auf Amtsdeutsch.

In der "Stadtgemeinde" ist eine "noch unbeschulte Minderjährige" aktenkundig, welche durch ihre unübliche Kopfbekleidung gewohnheitsrechtlich „Rotkäppchen" genannt zu werden pflegt".

Wenn Behörden und Verwaltungen Amtsdeutsch verwenden, meinen sie dies aber keineswegs humorvoll. Auch Mitarbeiter großer Wirtschaftsunternehmen bevorzugen oft so eine Ausdrucksweise. Und schließlich drücken sich auch Anwälte und Menschen, die einem juristisch geprägten Beruf nachgehen, gern "amtsdeutsch" aus. Übrigens tun sie das nicht ohne Grund und ganz bewusst. Unter Juristen herrscht die Ansicht vor, eine umständliche Ausdrucksweise sei gerechter, weil sie präziser sei. Das ist, mit Verlaub, Mumpitz. Reines Aufgepluster und Wichtigtuerei.

Tatsächlich verhält es sich in der Regel umgekehrt. Eine bürokratische Ausdrucksweise benennt nicht die Wirklichkeit, sondern verkleidet sie, bis normale Bürger sie kaum noch wiedererkennen können. Ein Kind, das zur Schule geht, wird *"beschult"*. Der Blinker am Auto wird zum *"Fahrtrichtungsanzeiger"*. Statt vom Wald mit Tieren ist plotzlich die Rede von *"forstwirtschaftlicher Nutzfläche mit Wildtierbestand"*. Unkraut wird zur *"Spontanvegetation"*. Briefmarken sind selbstverständlich nicht Briefmarken, sondern *"Postwertzeichen"*. Falls ein Fahrschein im Zug nicht gilt, dann hat er *"in diesem Zug keine Gültigkeit"*.

Im Amtsdeutschen sind Substantive nämlich besonders beliebt. Wo es kein passendes Substantiv gibt, werden Verben oder Adjektive dazu gemacht:

"Durchführung" oder *"Tätigkeit"*. Typisch Amtsdeutsch sind dabei extrem lange Substantive, bei denen es sich um regelrechte Wortmonster wie *"Abgassonderuntersuchung"*, *"Rechtsbehelfsbelehrung"* oder – bitte genießen! – *"Kostenzusage-übernahmeerklärung"*, handelt.

Bürokratische Briefeschreiber bevorzugen das Passiv, so dass sich für ihre Adressaten kaum noch erkennen lässt, wer die handelnde Person ist: *"Sie werden zu gegebener Zeit informiert".*

Ja, aber von wem wohl? Eigentlich sollten Amtstexte so gestaltet werden, dass sie für Bürger leichter verständlich sind. Dann werden sie auch besser akzeptiert.

Das verträgt sich aber nicht so gut mit einem ganz menschlichen Bedürfnis der Bürokraten: Sie wollen Respekt, möchten wichtig erscheinen und Widerspruch oder Nachfragen schon im Voraus gerne abwehren. Also gehen sie hinter ihrer umständlichen Ausdrucksweise regelrecht in Deckung. Ein Satz, der schwierig klingt und mit ungewohnten oder unverständlichen Wörtern durchsetzt ist, soll Eindruck machen und den Leser regelrecht überwältigen.

Wenn die Umständlichkeit aber erst einmal auf sprachliche Ungeschicklichkeit trifft, treibt die Sprache der Bürokratie "Stilblüten". So hat ein Polizist in seinem Bericht über einen Tathergang etwa geschrieben: *"Zeugen liegen bei".*

Gemeint hat er wohl, dass er aufgeschrieben hat, was Zeugen ihm berichtet haben, und deren Aussagen dann beigefügt hat. Vielleicht handelt es sich auch nur um Fotos vom Tatort. Jedenfalls bestimmt nicht um atmende, lebendige Zeugen zwischen Aktendeckeln.

In so einem Fall sagt man auf Deutsch: *"Da wiehert der Amtsschimmel!"* Damit ist kein echtes Pferd gemeint. Dieser Ausdruck für ein Übermaß an Bürokratie stammt wahrscheinlich aus dem 19. Jahrhundert. Damals haben Bürokraten oft einen Standard-Vordruck verwendet, der mit einem lateinischen Wort als "Simile" (von similis, ähnlich) bezeichnet wurde. Daraus ist schließlich der scherzhafte "Amtsschimmel" geworden. Er kommt ohne Heu und Wasser aus und gedeiht trotzdem ganz prächtig.

Die politische Staatsform der Bundesrepublik Deutschland ist die Demokratie...na gut...sollte sie sein. Es war zumindest mal angedacht. Doch auch ohne Königin oder König ist die Majestätsbeleidigung nach wie vor strafbar: Nach § 90 des Strafgesetzbuches steht auf die Verunglimpfung des Bundespräsidenten eine Freiheitsstrafe von drei Monaten bis zu fünf Jahren. Ich denke, dass wir dann unseren Bundespräsidenten nach Strich und Faden Verglimpfen sollten. Sicher ist sicher. Ich weiß nur noch nicht genau, was Verglimpfen ist und wie man das fachgerecht macht. Aber so wie ich es herausbekommen habe, werde ich es bekanntmachen.

Apropos: Schlimmer geht immer. Mitunter kann selbst das falsche Aufkleben einer stinknormalen Briefmarke schwerwiegende Folgen haben. Zumindest in England. Als Verrat gilt im Vereinigten Königreich nämlich bereits, wer die Briefmarke mit dem Abbild der Königin oder des Königs kopfüber aufklebt. Die spinnen, die Briten.

> **"Sie hören von meinem Anwalt!" ist die Erwachsenen-Version von "Ich hole meine Mutti!"**

Echte Männer und „Mutti"

Die erste Frau im Leben eines Mannes ist sicherlich seine Mutter. Das Problem, dass viele Dreibeiner haben ist, dass sie Mutti einfach nicht mehr loswerden. Vielleicht liegt das daran, dass uns in der westlichen Gesellschaft eine Sache grundsetzlich fehlt: Der Initiationsritus, der aus einem jungen Mann einen Erwachsenen macht. Das klappt bei den Stämmen von Naturvölkern ganz hervorragend, auch, wenn es keinesfalls ein E*asy-going* ist.

In Papua-Neuguinea war es üblich, dass der Halbwüchsige auf den Weg geschickt wurde, um sich den Kopf eines Feindes zu verschaffen und daraus einen dekorativen Schrumpfkopf zu machen. Nach erfolgreicher Tat war er ein echter, erwachsener Mann und Mutti hatte ihm nichts…aber auch wirklich nichts mehr zu sagen.

Was einen Mann ausmacht, das lernt man bei Papa am einfachsten. Das geht nicht bei Mutti. Akzeptiert das bitte. Mutti muss den Mädchen klarmachen, dass sie erwachsen sind.

Der Hauptunterschied in der Rollenerwartung von Frauen und Männern ist, dass man von Männern erwartet, dass sie im Notfall auf Gewalt zurückgreifen können.

Der kulturellen männlichen Prägung zum Erobern, Töten oder für eine Überzeugung sterben zu müssen kann sich kein Mann entziehen, will er nicht vor anderen oder sich selbst als Waschlappen dastehen.

In der Regel folgt auf jede „Untervaterung" eine „Übermutterung". Kinder holen sich gewöhnlich Zuwendung, wenn sie sie brauchen. Wenn Papa seinen Job nicht macht oder machen kann, gibt es das dann bei Mama oder bei mehr oder weniger guten Freunden.

Väter lehren fast automatisch den dosierten Umgang mit Konflikten und Gewalt. Ein echter Papa erscheint seinem Knirps als unbesiegbar, alles könnend und übermächtig. Aber dennoch missbraucht er seine Überstärke nicht. Väterlich betüddelte Jungs, so weiß man inzwischen, sind nicht anfällig für radikale oder rechtsgerichtete Gruppen und kaum Schlägereien ausgesetzt. Sie haben so etwas wie einen unsichtbaren Schutz vor Gewalt. Muttersöhnchen sind häufig Opfer von Gewalt in Schulen, so als ob sie es regelrecht anziehen würden, verdroschen zu werden.

Waschlappen, oder auch „Muttersöhnchen" sind oftmals zu sensibel und mitfühlend, um die Messer im offenen Konflikt zu wetzen, Streitgespräche durchzuhalten und für ihre Sache zu kämpfen.

Sie wachsen mit einem unbestimmten Unterlegenheitsgefühl auf, ganz so als ob sie die Männlichkeitsprobe nicht bestanden hätten, und beweisen sich „verspätet".

So versuchen sie lebenslänglich mit Feder oder wissenschaftlichem Gerät den Rauhbeinigen, die sie ihre Überlegenheit spüren ließen, zu beweisen, dass Gedanken mächtiger sind als Schwerter. Werft mal einen kritischen Blick auf die altgewordenen Milchbubis in der Politk. Intriganten, Königsmörder, Mobber…und man sieht ihnen an, dass sie diejenigen sind, mit denen in der Schule keiner spielen wollte. Darum haben wir auch keine „Anführer", sondern nur „Diplomaten".

Ab etwa 25 wird aus dem Besiegten ein Sieger, weil er die bessere, systemkonforme Bildung hat und den anderen beweisen kann, wie weit er gekommen ist. Klassentreffen haben diesen Charakter.

Jeder vergleicht sich stillschweigend. Aus dem ehemaligen Sieger kann ein Verlierer werden. Seine Ehe ist vielleicht an seiner Siegermentalität zerbrochen, beruflich ist er gegen die Wand gefahren oder seine Freunde haben sich aus dem Staub gemacht.

Es tobt ein unsichtbarer Krieg, der letztendlich nichts bewirkt. Integration zählt. Macht aus den Muttersöhnchen echte Männer und zieht gemeinsam in die Schlacht. Es gibt genug Dinge, die bewegt werden müssen. Aber zuerst macht Euren Frieden mit Mutti und ihr unmissverständlich klar, dass ihr erwachsen seid. Mama hat Euch (und vor allem auch der Schwiegertochter) nichts mehr zu sagen. Das ist Euer Job. Sonst wird das nie was.

Wo soll das denn sonst hinführen? Ewige Abhängigkeiten mit Muttis Schnittchen zum Frühstück, Pullunder, Fliege und Froschaugenbrille? Mutti kauft Dir Deine Klamotten, bindet Dir die Schnürsenkel und sucht die passende Freundin aus?

Spuckst Du auch auf das Taschentuch und lässt sie im Anschluss mal den bösen Schmutzfleck von den Apfelbäckchen wienern? Irgendwann kommt das böse Erwachen. Dank einer Möbelvisite musst Du feststellen, dass Deine Mutti eine echte Superheldin ist. Die Indizien dafür: Sie hat Peitsche, Maske und Handschellen im Schrank und im Gegensatz zu Dir ein „echtes" Leben. Und hier, zur allgemeinen Erbauung, etwas aus dem prallen Leben. Eine Geschichte, die das Leben schrieb. „Dietmar" ist also nicht wirklich „Dietmar". Allerdings stimmt der Rest auf beängstigende Art und Weise.

Hotel Mama.

Es tut gut, Freunde zu haben. Wahre Freunde sind selten. Es klingelt an der Tür. Wer mag das wohl sein? Neugier treibt den Menschen. Ich öffne. In der Tür steht, adrett und ordentlich, mein Freund Dietmar. Mist! Nächstes Mal schaue ich, bevor ich die Tür öffne, durch den Spion. Insbesondere am Sonntagmorgen um 09.00 Uhr. Ich mag Dietmar. Er ist, so sagt er, mein bester Freund. Und ich bin sein bester Freund. Zudem sein einziger.
Außer...Mama natürlich.
Dietmar ist 30. Und lebt bei Mutti.
Mama macht alles für den jüngsten ihrer Kinder. Sie kocht, putzt, wäscht, kauft ein und sucht auch die passende Kleidung für den Jungen aus. Mama hat einen guten Geschmack. Für die 70-er Jahre des letzten Jahrhunderts. Dietmar trägt Leinenhosen, Hemd mit Blümchendekor, weiße Tennissocken und eine Wind-Jacke in dezentem Beige. Weiße Tennissocken sind heutzutage ein totales No Go. Aber

er trägt sie aus Überzeugung, so wie er auch bester Freund aus Überzeugung ist. Er fordert nichts als Gegenleistung. Außer vielleicht der Gewissheit, der einzige und eben wirklich allerbeste Freund zu sein. Und...selbsterständlich...150 %-ige Zuwendung.

„Heyyy...Dietmar! Lange nicht mehr gesehen!" Anklagender Blick. War wohl schon zu lange. Mein (nach eigener Ansicht) bester Freund tritt ein, leidend und mit feuchtem Blick.

Ich mag das nicht...und bin mir sicher in Bezug auf das, was gleich folgen wird.

Dietmar ist bedrückt, wenn nicht gar depressiv mit rudimentären manischen Anteilen.

Es gelingt ihm stets, das Leiden zu einer Kunstform zu erheben und episch zu zelebrieren.

„Was ist los mit Dir? Wieder voll im Stress?"

Dietmar setzt sich in den nächsten verfügbaren Sessel und...leidet stumm.

„Nun sag schon...was ist passiert?"

Zuerst 10 Minuten Litanei über den Ärger im Job, Stress mit der Familie und den neusten Begebenheiten aus dem Leben von Buffy, der Vampirjägerin. Dietmar ist Vorsitzender einer treuen Fangemeinde irgendwo im www. Sie alle lieben abgöttisch Buffys Art, Vampire mit mächtig spitzen Holzpflöcken zu durchbohren und in Staub zu verwandeln. PC-Spiele mit brutalen Inhalten stehen ebenfalls hoch in der Gunst dieser eingeschworenen Gemeinschaft. Nur reale Kontakte nicht. Menschen sind ja so unzuverlässige und unberechenbare Kreaturen. Dem Risiko einer realen Enttäuschung würde man sich niemals aussetzen.

Dann kommt das befürchtete Thema.

Mutti.

„Ich halte das nicht mehr aus...!"

„Was genau...? Das übliche Thema?

„Ja...genau das..."

Dietmars Mama Gitti ist herzensgut. Sie sorgt für ihren Lütten wie am ersten Tag. Die anderen Jungs sind schon lange aus dem Haus.

„Elke war wieder da...?"

„Ja...wie üblich."

Elke wohnt auf der anderen Straßenseite. Im Haus gegenüber. Sie ist Gittis ehemals beste Freundin. Ehemals...denn sie gebärdet sich seit einiger Zeit sehr unmanierlich. Elke hat einen Zweitschlüssel zu Gittis Wohnung. Und sie macht hemmungslos Gebrauch davon. Sie passt die günstigen Gelegenheiten ab, wenn Gitti aus dem Haus ist. Dann beginnt sie ihr böses Treiben. Sie räumt in den Schränken alles um, entwendet Lebensmittel aus dem Kühlschrank, öffnet Fenster, macht überall Licht an. Sie gebährdet sich einfach heimtückisch. Und das, wo sie schon jahrelang tot ist. Wenn Buffy das wüsste?

Gitti hat ein Problem. So wie Dietmar. Nur eben anders. Dietmar lebt mit 30 noch in seinem Kinderzimmer. Spanplatte. Eichendekor in orange und grün. Blümchentapete an den Wänden. Nachts schläft er bei Mama. Im ehemaligen Ehebett. Es ist nicht leicht, ein Sohn und der Geschäftsführer eines mittelständigen Unternehmens zu sein.

Die Elke-Story ist so alt wie unsere Bekanntschaft. Die anderen Geschichten auch. Dietmar hat seine Geschichte beendet und verabschiedet sich mit leidendem Blick. Dann kehrt er heim...zu Mama.

Mach es gut, Dietmar. Bis morgen am Telefon. Und am nächsten Sonntag wieder um 09.00 Uhr an meiner Tür.

Wir brauchen keine Zigtausend Gesetze.

Wir brauchen fähige Richter.

Echte Männer und Gesetze

Und nun wird es definitiv wieder lustiger als mit Mutti: Wo ein Mann…da ein Gesetz. Oder auch mehrere. Irgendwo, mutmaßlich tief unter der Erde in verborgenen Höhlensystemen werden Bürokraten gezüchtet, die nichts anderes zu tun haben, als sich Schwachsinn auszudenken. Unterwirf die Menschen unsinnigen Gesetzen und sie sind beschäftigt. So können die blöden Bürger nicht auf die Idee kommen, wirklich wichtige Dinge zu bemerken, zu hinterfragen und zu ändern. Und schwupps…da ist wieder die Aufforderung an den echten Mann, sich zu organisieren und zu engagieren. Lasst den Blödsinn nicht mit Euch machen. Ihr seht doch, wohin es führt. Die interessantesten Absurditäten kommen in diesem Falle tatsächlich mal *nicht* aus Deutschland. Auch andere Länder pflegen den Schwachsinn und bügeln ihrem Volk Blödsinn über. Schaut mal drüber …Lachen ist ausdrücklich erlaubt.

Männern ist es in Miami verboten, sich in der Öffentlichkeit in einem Morgenmantel ohne Gürtel sehen zu lassen.

Es verstößt in Idaho gegen das Gesetz, wenn ein Mann seiner Angebeteten eine Pralinenschachtel überreicht, die weniger als 50 Pfund wiegt.

In Ottumwa, Iowa ist es jeder männlichen Person untersagt, innerhalb der Stadtgrenzen einer ihm unbekannten Frau zuzuwinken.

In Carmel, NY gibt es ein Gesetz zur Förderung des guten Geschmacks: Männern ist es strikt untersagt, das Haus zu verlassen, wenn ihre Schuhe nicht zum Jacket passen.

Kein verheirateter Mann darf in Virginia an einem Sonntag fliegen.

In NYC ist es Männern verboten, Frauen hinterherzuschauen. Wer gegen dieses Gesetz verstößt, wird gezwungen, Scheuklappen für Pferde zu tragen, wann immer er auch spazieren geht. Weiterhin muss er eine Strafe von 25$ entrichten.

Aufgrund eines Gesetzes darf in Pennsylvania kein Mann ohne der schriftlichen Genehmigung seiner Frau Alkohol kaufen.

In Utah ist der Ehemann für jedes kriminelle Vergehen seiner Ehefrau verantwortlich, welches sie in seinem Beisein begeht.

In Florida ist es Männern verboten, sich mit einer sichtbaren Erektion in der Öffentlichkeit sehen zu lassen.

In New Mexiko dürfen die Taschen eines Mannes jederzeit von der Ehefrau durchsucht werden.

In Detroit/Michigan ist es Männern gesetzlich verboten, ihre Frauen an Sonntagen böse anzuschauen.

Feuerwehrmännern in Huntington, West Virginia ist es gesetzlich untersagt, an der Wache entlangflanierenden Frauen nachzupfeifen.

Ohne Begleitung seiner Frau darf in Kentucky kein Mann einen Hut käuflich erwerben.

In dem Städtchen Brainerd in Minnesota wird es allen Männern gesetzlich abverlangt, sich einen Bart wachsen zu lassen.

In Wichita, Kansas wird die Misshandlung eines Mannes durch seine Schwiegermutter nicht als Scheidungsgrund anerkannt.

In Auburn, einer angehenden Geisterstadt im US-Staat Washington, ist es Männern verboten, Jungfrauen zu deflorieren. Das Alter oder der Familienstand der Jungfrau ist dabei völlig irrelevant für das Gesetz. Tut er es doch, drohen ihm bis zu fünf Jahre Zuchthaus.

Männern im US-Staat Alabama ist es gesetzlich verboten, in Anwesenheit von Frauen auf den Boden zu spucken.

Ein Gesetz des Staates Michigan stellt das ungebührliche Benehmen von Männern in Gegenwart von Frauen und Kindern unter Strafe. Laut dem Gesetz ist es verboten, in Nähe oder in Hörweite von Frauen und Kindern 'unanständige, unmoralische, obszöne, vulgäre oder beleidigende Wörter' zu gebrauchen.

In Alabama ist es Männern verboten, einen falschen Schnurrbart zu tragen, wenn dieser Kirchenbesucher zum Lachen verleiten könnte.

In Tasmanien ist es Männern verboten, in der Zeit zwischen Sonnenunter- und Sonnenaufgang Frauenkleider zu tragen.
[Das aus dem Jahr 1935 stammende Gesetz wurde im November 2000 aufgehoben.]

Von den männlichen Einwohnern der Stadt Macclesfield/North Carolina wird erwartet, dass sie sich bis zum 15. April 2001 einen Bart wachsen lassen. Wer am 15ten ohne Bart oder zumindest ohne einigen Stoppeln im Gesicht angetroffen wird, muss mit Arrest oder einer Geldstrafe von 25$ rechnen.

Während der Fischfang-Saison ist es den Männern im US-Bundesstaat New Jersey untersagt, zu stricken.

In Tombstone/Arizona ist es Männern wie Frauen über 18 Jahren gesetzlich untersagt, ihren Mund zu einem Lächeln zu öffnen, wenn dabei mehr als ein fehlender Zahn sichtbar wird.

Die Gemeinde Locust in Pennsylvania verbietet es ihren mänlichen Einwohnern, in der Öffentlichkeit mit einer Erektion herumzulaufen. Zuwiederhandelnde können mit bis zu 3 Monaten Knast bestraft werden.

Im Artikel 21, Absatz 1 der Hessischen Verfassung heißt es: "(1) Ist jemand einer strafbaren Handlung für schuldig befunden worden, so können ihm auf Grund der Strafgesetze durch richterliches Urteil die Freiheit und die bürgerlichen Ehrenrechte entzogen oder beschränkt werden. Bei besonders schweren Verbrechen kann er zum Tode verurteilt werden."

Ruhe ist des Bürgers Pflicht und wer aufmuckt, bekommt was zwischen die Hörner. Hier sind echte Männer gefragt, die sich mit einem lauten „NEIN" artikulieren und sich nicht jedem Mumpitz unterwerfen.

> **Na toll. Da steige ich in den falschen Bus ein und schon lande ich in einer Verkaufsveranstaltung für Rheumadecken.**

Echte Männer und öffentliche Verkehrsmittel

Nutzt hier jemand noch die guten, alten Autobusse oder Regionalbahnen? Denjenigen unter uns wird folgendes bekannt vorkommen: Die Anschlussbahn steht schon auf dem Gleis gegenüber, die Tür piept. Man springt fluchtartig aus dem Zug, macht zwei Sprünge über die Plattform, einen dritten zur nächsten Bahn und war hoffentlich schnell genug.

Der unfreiwillige Sprint am Morgen hat einen erfrischenden Nebeneffekt: Er treibt den Puls in die Höhe und verbessert nachhaltig die Kondition.

Angeblich sind Menschen, die morgens mit öffentlichen Verkehrsmitteln zur Arbeit pendeln, schlanker als diejenigen, die sich einfach ins Auto setzen und vor die Tür der Arbeit fahren. Dabei unterscheiden sich die Bus- und Bahnfahrer laut den Ergebnissen figürlich nicht von denjenigen, die morgens mit Rad oder zu Fuß zur Arbeit kommen. Beruhigend, gell?

In Deutschland nutzten laut Statistischem Bundesamt 2012 gerade mal 14 Prozent der Erwerbstätigen ein öffentliches Verkehrsmittel auf dem Weg zur Arbeit. Nur 18 Prozent nahmen das Rad oder gingen zu Fuß.

Ich liebe Busfahren.

Ich liebe Busfahrten über alles. Busfahrten sind toll. Ein Beweis der Fähigkeiten menschlicher Schaffenskraft. Und es schützt sogar die Umwelt. Ich bin da Idealist.
Zudem...Busfahren ist sozial. Das Vehikel, der „Bus" bzw. Omnibus (lateinisch für „jedermann"), bietet tiefe Einblicke in die Abgründe des menschlichen Verhaltens.
Ein Bus ist eine Art Mikrokosmos, in dem sich die Gesellschaft in all ihren Ausprägungen wiederspiegelt. Beginnen wir mit dem Regenten, dem *King Of The Road*.
Stechender Blick aus eiskalten Augen. Herrische Gesichtszüge. Sich seiner Macht voll bewusst.
Seine Reichsinsignien bestehen aus dem Gangschaltungszepter und der Lenkradkrone. Der Staatsschatz: Die Fahrkartenkasse.
Die Arroganz der Macht. In seinem Blick spiegelt sich die Abscheu vor dem Kontakt zum niederen Volke, den Fahrgästen, wieder.
Er weiß um die Notwendigkeit eben dieser Kreaturen. Sie nähren sein Imperium.
Aber...mögen muss er sie deshalb noch lange nicht. Die meisten von ihnen sind verachtenswert. Einige verdienen sogar blanken Hass.
Wehe demjenigen, der das Vehikel besteigt und nicht unaufgefordert seine Fahrkarte vorzeigt oder sonstwie

die Pflichten des Untertanen ignoriert. Es hagelt Sanktionen. Öffentliche Schmähungen. Kübelweise Spott, Hohn und Häme durch die Anwesenden.

Es gibt Ausnahmen.

Mit einem 1.000 Euro-Anzug am Körper und einem strahlenden Lächeln auf den Lippen darf man den plötzlich geneigten Herrn der Pferdestärken passieren. Völlige Ungnade hingegen empfangen Trödler, Teenager, außereuropäische Fahrgäste, Frauen mit Kinderwagen, Punks, Emos oder Rentner mit Gehhilfen, wobei es völlig egal ist, ob sie im Einzelnen oder in Gruppen auftreten.

Die Potenzierung des Schreckens aus Sicht eines Busfahrers: Eine ausländische Großmutter mit Gehhilfe in Begleitung ihrer gerade volljährigen, kinderreichen Enkelin mit Kopftuch und Buggy sowie einem kleinen dönermampfenden und mit Zaziki vollgekleisterten Jussuf-Ahmed im Schlepptau.

Allerdings hat der Fahrer einen Joker. Den Blitzstart.

Wichtig ist dabei das perfekte Zeitmanagement. Unerwünschte Fahrgäste werden auf exakt 93 cm an die noch geöffnete Tür herangelassen.

Der PS-Lord weidet sich am Gesichtsausdruck der abgehetzten Opfer, denen zuerst die Freude ins Gesicht geschrieben steht, das Transport-mittel doch noch zu erreichen.

Dann...ein asthmatisches Aufstöhnen der Hydraulik der Hochleistungsmaschine. Ein lautes Zischen und dann *"Klapp"*, das Zuschlagen der Falttür. Das Aufheulen des Motors.

Go! Ein neuer Geschwindigkeitsrekord in Mitten der stark belebten Innenstadt.

And the Winnnnerrrrrrrr iiiiiiiiiiis...*the King Of The Road.*

Zurück bleiben die mental vernichteten Untertanen. Ein Gefühl der Erleichterung bei denjenigen, die es bis in den Bus geschafft haben, stellt sich ein. Aber es hält nicht lange vor – denn im Bus gibt es keine wirkliche Solidarität beim niederen Volk; es geht einzig und allein um den persönlichen Vorteil.

Jeder kämpft für sich einen einsamen Kampf um einen Sitzplatz. Es gibt keine Freunde - nur Feinde. Die Maske fällt im Kampf. Jeder Fahrgast ist vom Charakter her ein verkappter Fahrer. Eiskalt. Bestialisch. Gnadenlos.

Eine Krähe hackt der anderen kein Auge aus? Weit gefehlt!

Und am schlimmsten sind die alten Vögel. Von wegen Weisheit des Alters. Im Kampf um den besten Fensterplatz kommt es zu Mysterien biblischen Ausmaßes. Blinde sehen, Lahme gehen und Stumme schreien.

Keinem potenziellem Aussteiger aus dem Vehiculum Infernaliae gelingt es, gegen die eindringende Meute greiser nach Rheumasalbe, Körperpuder und Mottenpulver müffelnder Zahnprothesenträger anzukommen.

Rentner sind erbarmungslos, skrupellos, zahnlos und weltkriegserfahren. Und Sie sind dank Alterssturheit und Renitenz völlig uneinsichtig. Duelle mit Regenschirmen, Schlägereien mit Handtaschen, sind üblich. Jedes Mittel ist Recht. Schließlich geht es um was.

Wurde endlich der Sitzplatz ergattert, folgt die öffentliche Zurschaustellung von Schnappschüssen der Enkelbrut, Familie oder die Verkündung von lustigen Krankengeschichten.

Ich kann Busfahren nicht ausstehen. Bah. Aber ich habe daraus gelernt. Ich fahre wieder Rad. Und immer, wenn ich mit dem Rad einen Bus überhole, sehe ich die wirbelnden Schemen von Schirmen, Handtaschen und vernehme die Schreie der Verdammten aus der Hölle auf Rädern.

Dann verspüre ich es wieder, dieses ungeheure Glücksgefühl von Freiheit und Abenteuer.

Sol lucet OMNIBUS...die Sonne scheint für jedermann...und ganz besonders für MICH.

Der Wahrheit die Ehre: Gelegentlich nutze ich trotzdem den Bus. Es geht leider nicht anders. Allerdings hat es den Vorteil, dass passives Busfahren und Alkohol miteinander harmonieren. Den brauche ich gelegentlich nach einer Tour im öffentlichen Verkehrsmittel zur Stabilisierung meiner geplagten Nerven. Wie wir wissen, ist **kein** Alkohol auch keine Lösung. Und wenn man nicht zuviel davon trinkt, kann nichts passieren. Und außerdem kann ich jederzeit aufhören. Fehlen eigentlich nur noch die Beschaffung und gute Gesellschaft.

Wo bekomme ich beides?

Röchtöööög: In der Kneipe. Der letzten Bastion echter Männer. (Abgesehen vom Hobbykeller, dem Stadion oder dem Asatru-Treffen mit spaßigem Axtwerfen, Bier- und Metschlürfen und Grillen).

> **Da geht man mal leichtfertig in eine Kneipe und schon kommt man voll fertig wieder heraus.**

Echte Männer in der Kneipe

Die kleine Kneipe in unserer Straße. Peter Alexander hatte irgendwie Recht. Da ist das Leben noch lebenswert und man ist unter sich. Frauenkneipen sind eher als Ausnahme zu betrachten. Und das ist gut so.

Ein Abend im Leben eines Kellners. (Netzfund, unbekannt)
Ein Damentisch mit 10 Damen, ein Herrentisch mit 10 Herren.

20.00 Uhr am Damentisch

Keller: Guten Abend, die Damen. Was darf es sein?
Frau1: Ein Glas Sekt.
Frau2: Nö…wir warten noch auf die anderen.
Frau1: Also dann doch noch kein Glas Sekt.
Kellner geht

20.03 Uhr am Herrentisch.

Kellner: N'abend.
Mann1: N'abend.
Mann2: Zehn Bier.
Keller bringt 10 Bier
Mann1: Was macht das?
Kellner: 18.
Mann1: 20…passt so.
Kellner: Vielen Dank.

20.10 Uhr am Damentisch

Kellner: Haben die Damen etwas gefunden?
Frau 3: Haben Sie Cola light?
Kellner: Nein.
Frau 3: Warum nicht?
Kellner: Keine Ahnung, ich bin nur der Kellner.
Frau 3: Dann nehme ich eine Apfelschorle, aber mit wenig Apfelsaft.
Frau 1: Oh, die nehme ich auch, aber bei mir können Sie mehr Saft reinmachen.
Kellner: Selbstverständlich.
Frau 5 zu Frau 2-4 und 9: Trinkt Ihr auch Sekt?
Frau 9: Ja.
Frau 2: Ja.
Frau 4: Nein, ich habe Migräne.
Frau 1: Dann nimm doch einen O-Saft.
Frau 9: Oh, ja ich will auch einen O-Saft.
Frau 4: Nee, ich nehme ein stilles Wasser.
Kellner: Haben wir leider nicht.
Frau 4: Warum nicht?
Kellner: Keine Ahnung, ich bin nur der Kellner.

Frau 4: Na gut dann nehme ich doch einen Sekt mit O-Saft.

Frau 5: Dann nehmen wir ne Flasche.

Kellner: Soll ich ihnen dann eine kleine Flasche O-Saft dazu bringen?

Frau 5: Warum?

Kellner: Weil wir keine Flasche fertig gemischten Sekt mit O-Saft haben.

Frau 5: Na dann lassen Sie den O-Saft weg.

Frau 9: Dann nehme ich aber noch ein Wasser dazu.

Frau 10: Ich auch.

Frau 7: Ich auch, oder? Sie haben wirklich kein stilles Wasser?

Kellner: Nein, nur stillen Sekt. Wir nennen das in der Fachsprache Weißwein.

Frau 1-10: ???????

Kellner: *(Verdreht die Augen und denkt sich seinen Teil)* Und die anderen Damen?

Frau 3: Einen Süßgespritzten.

Frau 6: Einen Sauergespritzten.

Frau 8: Eine Cola light.

Kellner: Wir haben leider keine Cola light.

Frau 8: Warum nicht?

Kellner: KEINE AHNUNG! ICH BIN NUR DER KELLNER.

Frau 8: Dann nehme ich ein Radler mit wenig Bier.

Kellner: (geht und versucht sich den ****** zu merken)

20:18 Uhr Herrentisch

Mann 3: (brüllt durch den Saal) Mach noch 'ne Runde!

Kellner: Jo! *(geht, holt zehn Bier, stellt diese wortlos ab, während "Mann 3" 20,- aufs Tablett legt).*

20:25 Uhr Damentisch

Kellner: *(bringt die Getränke)* Sooo die Damen, wer hatte denn das Radler?
Frau 1-10: *Schnatter, Schnatter, Schnatter...*
Kellner: WER HATTE DENN DAS RADLER?
Frau 1-10: *(Verwirrte Blicke. Vollkommen überrascht, dass ein Mann mit einem Tablett vor dem Tisch steht und das Damenkollektiv ansieht).*
Kellner: DAS RADLER.
Frau 7: Petra, hattest Du nicht das Radler?
Frau 8: Oh ja, mein Radler, hihihi!
Kellner: *(stellt das Radler und die anderen Getränke auf dem Tisch ab und denkt: Sollen die das Zeug doch selber verteilen).*
Frau 3: Und wo ist meine Cola light?
Kellner: *(atmet tief ein und wieder aus)* Wir haben keine. UND ICH WEISS AUCH NICHT WARUM.
Frau 3: Dann nehm ich...
Kellner: Sie haben schon gewählt und es ist auch schon da.
Frau 3: Oh.
Frau 8: Was macht das denn?
Kellner: Zusammen oder getrennt?
Frau 8: Nur das Radler.
Kellner: 1,80 bitte. *(Die Dame wühlt in der Handtasche nach dem Geldbeutel und drückt dem Kellner 2,- in die Hand. Der Kellner gibt ein 20 Cent Stück zurück, worauf die Dame ein 10 Cent Stück sucht um dieses dem Kellner als Trinkgeld zu überreichen).*

Kellner: So, der Rest?

Frau 5: Ich zahle die Hälfte vom Sekt, ein Mineralwasser und den Sauergespritzten.

Frau 2: Wieso die Hälfte, wir sind doch drei, die Sekt trinken!

Frau 5: Oh ja stimmt, dann zwei Drittel der Flasche, ein Mineralwasser und Süßgespritzten.

Frau 2: Dann zahle ich das letzte Drittel von dem Sekt.

Kellner: *(rechnet angestrengt und versucht die Ruhe zu bewahren)* Dann bekomme ich 7,63 von Ihnen und von Ihnen 4,33

Frau 2: Warum haben Sie denn so unrunde Preise? Das ist doch unpraktisch.

Kellner: Das ist halt so bei einem Drittel von 13,- Normalerweise teilen sich nicht drei Leute ein Getränk.

Die restlichen Damen zahlen in ähnlicher Weise Ihre Getränke, lassen sich dabei das Wechselgeld stets geben und entscheiden sich vereinzelt zu einem Trinkgeld von bis zu 20 Cent. Somit entsteht ein Gesamttrinkgeld von enormen 45 Cent.

20:25 Uhr Herrentisch

Mann 4: Mach ma' 10 Bier und zehn Schnaps und was Du trinkst.

Kellner: *(Nickt und holt die Getränke) Kurze Zeit später stellt er zehn Bier und elf Schnaps ab. Mit dem elften Schnaps stößt er mit der Runde an.*

Mann 4: Was macht das?

Kellner: 45,50

Mann 4: *(gibt einen 50,- Schein)* Gib mir drei raus.

Kellner: *(gibt 3,-)* Dank Dir.

Der Abend geht in ähnlicher Weise bis in die frühen Morgenstunden weiter.

Am Herrentisch werden insgesamt zehn Runden Bier und fünf Runden Schnaps getrunken. Die Aufzählung der am Damentisch getrunkenen Getränke entfällt aus mehreren Gründen:

1. Es würde den Rahmen dieses Textes sprengen.
2. Ich kann weinende Kellner nicht ertragen.
3. Der Autor dieses Artikels würde beim Schreiben Migräne bekommen.

Nachdem wir uns dem Thema Kneipe gewidmet haben, bleibt es männlich.

Damals, als die Altvorderen männlich von Kopf bis Zeh waren und das Wildschwein, den Säbelzahntiger oder das Mammut zur Strecke brachten...ja, das waren Zeiten.

Da kam noch alles zusammen: Jagen, Ausnehmen, Schleppen, Zerteilen und die Zubereitung über dem offenen Feuer. Es war eben anders als heute, wo der Jäger fix in den nächsten Lebensmittelmarkt seiner Wahl eilt und mit fachkundigem Blick die Beute in Augenschein nimmt. Und doch ist der Besuch solcher Einrichtungen mehr als nur Einkauf. Es ist die Jagd und somit eines der letzten große Abenteuer des echten Mannes.

> **Das Wort "Vegetarier"
> kommt aus dem
> Indianischen und
> bedeutet "Zu blöd
> zum Jagen"!**

Echte Männer und die Jagd

Au fein…wieder ein Thema, das kräftig polarisiert.
Sollte sich ein Veganer auf diese Seiten verirrt haben,
dann hat er eben Pech gehabt. Veganer sind nämlich
definitv keine echten Männer, sondern Sektierer. Man
kann über die Jagd sagen, was man will: Sie ist
unumgänglich. Da in unserem Land weder
namentliche Bestände an Wölfen, Bären, Luchsen
oder anderen natürlichen Jägern durch die Landschaft
hüppeln, muss das eben jemand anders machen.
Entgegen diverser politsch korrekter Ansichten sind
Jäger *keine* durchgeknallten Psychopathen, die aus
Jux und Tollerei heraus durch die Landschaft ziehen,
um arme Kuscheltierchen abzuknallen, auszuwaiden,
Trophäen an die Wände zu tackern und bis zu den
Knöcheln im Blut zu waten. Gäbe es keine Jäger,
dann würden lustige Wildschweinrotten in den
Vorgärten fröhlich Party machen, Freund Wolf würde
die Schafherden kräftig dezimieren, Tollwut
verbreiten und Kollege Bär hätte auch mehr Spaß am
Leben, als uns allen lieb wäre. Apropos: Die
Fressgewohnheiten dieser Spezies sind für die

Beutetiere generell sehr unangenehm und kein Quell zur Freude. Stellt Euch einfach mal ein Schaf vor, das dabei zusehen muss, wie es lebendig von einem Rudel Wölfe verknuspert wird. Es gibt schönere Dinge. Und ja…die Natur ist grausam. Zurück zur Natur…und das bitte in Vegan? Klar…sischer sischer.

Die Jagd ist für die Erhaltung von Landschaften unvermeidlich und, richtig durchgeführt, keine Qual für die Jagdbeute. Kugeln sind schneller als der Schall und Kollege Wildschwein ist, richtig getroffen, bereits nicht mehr ansprechbar und im Schweinehimmel, wenn der Knall eintrifft.

Was allerdings wirklich gruselig an der Jagd ist, das sind die lustigen Bräuche und Trachten unserer Waidmannsgesellen beiderlei Geschlechts. Es mag ja sein, dass es sich um Brauchtum handelt. Aber diese fiese Hornbläserei ist eine Ohrenfolter. Wenn Ihr so schießen würdet, wie Ihr tutet, dann wäre Ende im Gelände. Das Wild verließe auf Nimmerwiedersehen das Land. Die Klamotten, meist aus grünem Loden, sehen so aus, als ob eine Horde alter Omis im Trachtenladen Filme aus den 30-ern nostalgiert hätte. Hüte mit Gamsbart waren schon zu Zeiten von Hans Moser fragwürdig. Und nein…lustige Waidmannsliedlein von Altherrenchören in Grün sind mehr, als ich ertragen kann. Also Kollegen…Schluss mit dem Muff der Generation Hermann Löns und selbstbewusst zur Tat geschritten. Echte Männer entwickeln sich weiter…und *nette* echte Männer laden mich demnächst zur Wildschweinkeule und einem Fässlein Bier ein. Und dann erzähle ich **den**:

Ein Jäger geht auf Bärenjagd. Endlich erblickt er einen Bären und schiesst. Nachdem sich der Rauch verzogen hat, ist von dem Bären nichts zu sehen. Da tippt ihm der Bär plötzlich auf die Schulter und sagt: "Entweder Du lässt Dich von mir bumsen oder fressen!"

Jäger: "Na, dann lieber bumsen"

Danach geht der Jäger verärgert nach Hause und schwört sich, den Bären am nächsten Tag zu töten. Am folgenden Morgen geht er erneut in den Wald. Er sichtet den Bären, schiesst und als sich der Rauch verzogen hat, ist wieder nichts vom Bären zu sehen. Der tippt auf seine Schulter und sagt: "Entweder Du lässt Dich von mir bumsen oder ich fresse dich."

Der arme Jäger zieht grollend die Hose aus, lässt es über sich ergehen und verschwindet nach getaner Aktion innerlich vor Wut schäumend nach Hause.

Am nächsten Morgen geht der Jäger abermals in den Wald: "Diesmal erwische ich das Mistvieh aber ganz bestimmt".

Schon nach kurzer Zeit sieht er den Bären, schiesst, und...wieder steht der Bär grinsend hinter ihm.

"Sag mal, Süßer! Du kommst doch nicht wirklich zum Jagen in den Wald, oder?

> **Vielen Dank für die Pyramiden, liebe Aliens. Könnt Ihr auch Flughäfen, Bahnhöfe und eine Philharmonie?**

Echte Männer und die Außerirdischen

Ich kann alles erklären…es waren Außerirdische!

Landen zwei Aliens neben einer Tankstelle an einer einsamen Landstraße. Sie steigen aus ihrem Raumschiff und watschelten auf das erste Ding zu, das wie ein Lebewesen aussieht – eine Zapfsäule.
"Erdling, bring mich zu deinem Führer!" sagt der erste Alien mit harschem Ton.
Natürlich erhält er keine Antwort.
"Erdling, bring mich zu deinem Führer!", wiederholt er daraufhin noch barscher. Als die Zapfsäule wieder nicht antwortet, zieht er seinen Laser-Blaster und sagt zu seinem Kollegen:
"Wenn dieser Erdling mir keinen Respekt zollt, dann werde ich ihm welchen lehren!"
"Äh, mach was du für richtig hältst", erwidert sein Kumpel, "aber warte, bis ich ein Stück nach hinten gelaufen bin."
Leicht verdutzt lässt der erste Alien seinen Begleiter 50 Meter von der Tankstelle wegwatscheln, bevor er seine Waffe auf die stumme Zapfsäule richtet.

"Erdling, bring mich sofort zu deinem Führer!", knurrt er und betätigt nach einigen Sekunden des Schweigens ungehalten den Abzug. Nach einer gewaltigen Explosion findet er sich ein ganzes Stück von den Überresten der Tankstelle entfernt auf dem Rücken liegend wieder. Während er sich ächzend den Staub von seinem Raumanzug klopft, fragt er den anderen Alien: "Sag mal, wenn du wusstest, was passieren wird, wieso hast du mich nicht gewarnt?"*
"Ich wusste nicht, was passieren wird", sagt der andere, "aber ich leg mich nicht mit einem an, der sich seinen Dödel zwei mal um die Hüften wickeln und dann noch in die Ohren stecken kann!"

Ein Alien ist ein interesantes Phänomen, das hollywoodmäßig alle begründeten Fragen nach dem Ursprung des universellen Lebens oder einem eventuellen Masterplan der Schöpfung durch Lächerlichkeit torpediert. Allerdings ist das Thema voll der Kassenschlager. Immerhin haben Aliens gereicht, um den Herrschaften von Scientologie die Kassen zu füllen. Ein erfolgloser SF-Autor gründet die Sekte und nässt sich ein vor Lachen beim Gedanken an die Blödheit seiner interstellaren Schäfchen. Ein Militärflieger ist abgestürzt? Außerirdische waren es. Politiker sind irrsinnig? Sie werden von fiesen Echsenmenschen beherrscht und durch *Wasauchimmer* ersetzt.
Außerirdische in den uns bekannten Formen haben zwei dramatische Vorteile: Sie sind unterhaltsam mit Gruselfaktor und bieten ein nettes Feindbild, wenn wir mal eins brauchen sollten.
Liebe Leute: Außerirdische, die ausgerechnet bei uns landen sind entweder a) völlig bescheuert, b) totale

Gutmenschen, c) der interstellaren Raumfahrt mächtig und d) Mikroben, die auch so durchs All kommen.

Schauen wir uns das mal genauer an:

Die Möglichkeiten c) und d) sind die Grundvoraussetzungen. Sonst kommen die Kollegen hier gar nicht erst an. Mit d) können wir nicht kommunizieren. Mit a) wollen wir nicht kommunizieren, b) hätten uns schon längst befriedet und vor uns selbst geschützt. Aliens hingegen, die uns hätten ausrotten wollen, hätten es schon längst getan.

Wie wir es drehen und wenden: Die Hoffnung, E.T. mal persönlich kennen zu lernen ist zwar vorhanden, aber doch extrem übersichtlich. Die Chance, dass wir allein im Universum sind, geht gegen Null. Es gibt Abermilliarden von Sonnensystemen, die vornehmlich aus ähnlichen Stoffen gestrickt sind, wie die Murmeln, die unser eigenes System ausmachen. Leben ist also unvermeidlich. Es ist also keine Frage, *ob* es das gibt. Die Frage lautet einerseits *wann* und andererseits *in welcher Form*. Hollywood sei Dank haben wir konkrete Vorstellungen von den Kreaturen *from Outer Space*. „Die Jetsons", „Marvin the Martian" von Hannah und Barbera oder „Alf" lassen wir mal dezent unter den Milchstraßenbelag fallen. Aber an Auswahl herrscht trotzdem kein Mangel. Und da sind sie nur, die Shootingstars intergalaktischen Frohsinns:

1. *Alien…das Ding aus einer anderen Welt.*

Neben den Sexualmethoden der Biester sind diese auch noch sehr effektive Jäger. Das charakteristische zweite Gebiss, welches als "Zunge" der Wesen fungiert, rockt horrormäßig das Haus. Das Biest spuckt Säure. Also kein Mundgeruch.

194

2. Predator

Die Trophäen jagenden Predatoren mit humanoidem Körperbau, Dreadlocks, und permanenter schlechter Laune kloppen sich gern mit Aliens (siehe 1.) und sammeln sie als hübsche Wanddekorationen. Na ja…besser irgendein als kein Hobby.

3. E.T.

Der kleine Vieltelefonierer mit den Kulleraugen ist zumindest friedfertig und irgendwie niedlich. Allerdings wird die Telefonrechnung mächtig werden.

4. Chewbacca

Die Merkmale des "dämlichen Pelzviehs" aus Star Wars sind seine enorme Körpergröße, sein Pelz sowie seine tierähnlichen Laute mit denen er sich verständigt.

5. Transformers

Schlimmer geht nimmer. Dauer-Merchandising-Roboter-Schrott, um den kleinsten Erdenbürgern die durch ihre Altvorderen hart verdienten Talerchen aus den Taschen zu zotteln.

6. Marsianer

Mars Attacks bewies es allen. Viel Hirn muss nicht viel helfen…auch nicht bei Mars-Fieslingen.

7. Sandwürmer

Dune sei Dank wissen wir, dass es irgendwo im Universum die voll krassen Angelköder für *wirklich fette Fische* geben muss.

8. Bugs

Starshiptrooper zeigten uns, dass wüstes Dauergemetzel an armen Krabbeltierchen völlig in Ordnung sein muss. Nicht plüschig und nicht kooperativ. Drauftreten. Oder lieber mal nachdenken.

9. Quark.

Kein Kühlschrankfüller für Frucht- oder Kräuterdips, sondern unser aller Lieblings-Ferenghi aus DS-Nine. Immerhin…Handel statt Kloppen ist doch mal eine Anregung.

10. Yoda

Denken Du musst, Leser des wahren Buches der echten Männer. Dann Verstehen und Handeln solltest Du. Alles ganz einfach sein könnte.

Soweit dazu. Es machte Spaß. Wem es nicht gefällt, der darf die Seiten rausreißen. Dann aber Ärger mit dem Autoren bekommen er wird. Ansonsten: Hast Du nichts anderes im Kopf als Aliens und blöde Ballerspiele? Dann chill mal Deine Basis und überprüfe dringend Deine Brain-Programme. Hier wird nicht geschludert, während andere die Welt in Klump reiten. Mal unter uns: Der Obama…die Merkel…und die Queen…die sind nicht von **HIER**! Aber…pssssst. Top secret!

Und nun widmen wir uns einem „heiligen" Thema, dem Zaubertrank schlechthin. Und nein…ich rede mal nicht von Bier oder Met. Die Rede ist von der göttlichen Bohnensuppe oder auch dem Nektar der Frühaufsteher. Hoch die Tassen mit „Hallowach"!

> **Mein indianischer Name bedeutet übersetzt:**
>
> **"Der, den man vor dem 1. Kaffee besser nicht anspricht!"**

Echte Männer und der Kaffee.

Unser aller liebster Muntermacher ist doch eindeutig der aromatische Aufguss aus den gerösteten und kleingemahlenen Bohnen der Coffea-Pflanze. Lust auf etwas Wisssenschaft?

Kaffee ist eine Pflanzengattung aus der Familie der Rötegewächse mit etwa 90 Arten. Die berühmtesten unter ihnen sind der als Plantagenpflanzen bevorzugten Arabica-Kaffee und der Robusta-Kaffee. Die Pflänzchen stammen ursprünglich aus Afrika, werden heute aber in vielen subtropischen und tropischen Ländern angebaut. Besonders cool...die Arabica-Pflanze ist innerhalb der Gattung der einzige Selbstbefruchter. Die braucht tatsächlich keine Weibchen. Na...ist das was?

Echte Männer brauchen ihr schwarzes Bohnen-süppchen. Schlafen kannst Du auch, wenn Du tot bist. Capiche? Kaffee bedeutet, dass man mehr dümmere Dinge mit mehr Energie unternehmen kann.

Der entspannendste Kaffeegenuss ist morgens, wenn alle anderen die Klappe halten. Dazu eine geeignete Zeitung und für den, der es partout nicht vermeiden kann, das Frühstücks-Kippchen. Ich bin zwar kein Fan davon, aber warum nicht? Apropos…das kommt besonders gut in der Badewanne. Da geht der Tag gleich ganz anders los. Es gibt auch Männer, die in den frühen Stunden gern mal was stücken. Daher wohl der Begriff. MEIN Frühstück nehme ich meist erst nach 18.00 Uhr ein. Der Kaffee hingegen ist ein treuer Wegbegleiter, der mir viele Stunden des Tages verschönt. Egal ob am Lagerfeuer, im Seminarhotel, unter Tage oder auf dem Berg…Kaffee hat was. Ich bevorzuge ihn übrigens am Meer mit dem Blick auf den Sonnenaufgang und netter Piano-Musik. Schon ist die Welt ist mein Freund.

Bau eine innige Beziehung zu Deinem Kaffee auf. Flirte mit ihm. In etwa so: "Du riechst so gut, bist so heiß und verführerisch! Ich will Dich! JETZT! SOFORT!" Dein Kaffee wird die Liebe erwidern. Unbedingt. Du benötigst keine Kaffee-Maschine für 10.000 Euro und mehr. Alles Mumpitz. Echte Männer nehmen eine lustige kleine Quetschkanne, kloppen dort ausreichend Kaffeemehl hinein, heißes Wasser drauf…und gut. Bitte beachte folgendes, Freund des gepflegten Kaffee-Genusses: Die Wassertemperatur darf 93 Grad Celsius nicht toppen. Sonst stirbt das Aroma und entwickelt sich in Richtung Petroleum. Kein Scherz. Auch Kaffee köcheln will gelernt sein, echter Mann.

Ein "erfolgreicher" Mann ist oftmals nur eine arme Sau mit mächtig viel Schotter.

Echte Männer und Reichtum

Echte Männer sind Jäger und Sammler. Also gehört auch das Sammeln von Reichtum dazu. Was immer genau das sein mag. Primär musst Du selbst, echter Mann, entscheiden, ob und in welchen Größenordnungen ausgerechnet Geld ausgerechnet Dich glücklich macht.

Reichtum ist keine prinzipiell schlechte Sache. Es ist daher verständlich, dass sich eine Organisation wie die katholische Kirche zwar auf Bescheidenheit kapriziert, den Kollegen aber allein in Deutschland Grund und Boden in der Größe von halb Schleswig Holstein gehört. Wann immer auch Reiche anderen die Armut nahelegen, dann ist etwas im Busche.

Die solideste Form von Reichtum ist Dein Umfeld. Umgib Dich mit Menschen, die Dich sozial, mental und emotional weiterbringen. Wertvolle Menschen zeichnen sich nicht durch monetär bezifferbare Größen aus. Der nächste, ebenfalls wichtige Bereich: Lege Dein Geld in Hirn an. Habe ich noch etwas vergessen? Ja klar! Die Gesundheit. Bevor Du Dir Gedanken darüber machst, wie Du möglichst fix möglichst viel Mammon anhäufen kannst, musst Du erstmal Deine Hausaufgaben machen und an Dir selbst arbeiten. Dir nutzt der schönste Segen nichts, wenn Du auf der Jagd nach dem Reichtum ein mentales oder körperliches Wrack geworden bist. Anbei ein schöner Satz von Kostolany:

Viele Kapitalisten verbringen ein Drittel ihres Lebens damit, Kapital zu schaffen, ein weiteres Drittel, ihr Geld zu bewahren, und im letzten Drittel befassen sie sich mit der Frage, wem sie es vermachen sollen.

Letztendlich kannst Du den ganzen Segen nicht mitnehmen. Das Anhäufen von immer mehr um jeden Preis hilft Dir also nicht wirklich lange. Es bringt erheblich mehr Freude, Dinge zu tun, die einem wirklich Spaß machen. Was auch immer Du tust: Lebenszeit ist nicht nur ein rares Gut, sie ist auch nicht vermehrbar. Also überlege Dir reiflich, was Du damit anfängst.

Kennst Du schon die Geschichte vom Unternehmensberater und dem Fischer?

Der Unternehmensberater und der Fischer

Ein Manager stand in einem Fischerdorf in Bali am Pier und beobachtete, wie ein winziges Fischerboot anlegte. Es hatte einige beeindruckende Thunfische geladen. Der Manager gratulierte dem Fischer zu seinem Fang und fragte wie lange er dafür auf See gewesen war.

"Nicht lange, ein paar Stunden", antwortete der Fischer". Daraufhin fragte der Manager, warum er nicht länger auf See geblieben sei, um mehr Fische zu fangen. Darauf der Fischer: „Die Fang reicht, um meine Familie für eine Woche zu ernähren."

Den Kopf schüttelnd fragte der Manager nach: "Aber was machen sie den Rest des Tages?"

"Ich schlafe aus", so der Fischer, „gehe angeln, spiele mit meinen Kindern, halte mit meiner Frau Mittagsschlaf, gehe ins Dorf, trinke dort Kaffee oder ein Gläschen Wein und spiele mit Freunden Karten."

Darauf der Manager:

"Ich bin ein bekannter Unternehmensberater und berate Selbständige, damit sie erfolgreicher sind. Ihnen helfe ich gerne kostenlos. Sie sollten mehr Fische fangen und vom Gewinn ein größeres Boot kaufen. Mit dem weiteren Gewinn kaufen Sie mehrere Boote. Den Fang, den Sie damit machen, verkaufen Sie direkt an eine Fischfabrik. Damit machen Sie so viel Geld, dass Sie es sich leisten können, eine eigene Fischverarbeitungsfabrik zu eröffnen. Sie könnten dann das Fischerdorf verlassen und nach Singapur oder Honkong gehen. Von da aus leiten Sie später Ihr erfolgreiches Unternehmen."

Der Fischer hatte aufmerksam zugehört und fragte schließlich: "Wie lange wird das alles dauern?" Der Manager überlegte kurz: "Etwa 10 bis 15 Jahre werden das schon sein."

Daraufhin kam der Fischer ins Grübeln und fragte nach einiger Zeit: "Wenn ich das alles erreicht habe, was mache ich dann?"

Der Manager lachte und sagte: "Wenn alles prima läuft und Sie den richtigen Zeitpunkt abwarten, verkaufen Sie Ihr Unternehmen und werden Millionär sein."

Der Fischer schüttelte ungläubig den Kopf. "Millionär? Und dann?"

"Dann hören Sie auf zu arbeiten! Sie könnten in einem romantischen Fischerdorf leben, lange ausschlafen, fischen gehen, mit Ihren Enkeln spielen, einen Mittagsschlaf halten, am Strand oder im Dorf spazieren gehen, am Abend ein Gläschen Wein genießen und mit Freunden zusammen sein."

Lebensqualität ist eine Frage der Einstellung. Mit der richtigen Einstellung in Dir sollte monetärer Reichtum allerdings kein Problem sein geschweige denn den Charakter verderben. Anbei ein Hinweis: Man kann ein Vermögen nur aufbauen, indem man anderen etwas wegnimmt. So ist das Leben eben.

Du hast Dir alles reichlich überlegt? Du willst unbedingt reich werden? Weil dann alles gut ist? Na ja…warum auch nicht. Hast Du denn schon eine Idee, wie Du das Ganze realisieren willst?

Arbeiten? Sparen? Investieren? Bausparvertrag? Lebensversicherungen? Optionsscheine? Dein guter Kumpel, der Versicherungsfuzzi (der im abgewetzten Sakko) hat Dir gesagt, wie es geht? Oder der Schalterknecht in Deiner Hausbank? (Das ist der mit dem verrosteten ollen Skoda). Alles Mumpitz. Lug und Trug.

Es gibt diesbezüglich neben dem fetten Lottogewinn nur einen einzigen Weg, der wirklich und nachhaltig funktioniert: Lies ein Buch. (Denke an Meister Yodas Ratschlag). Danach ist Handeln angesagt.

Natürlich musst Du *das richtige* Buch lesen. Es hört auf den schönen Titel „*Die erste ist die schwerste*" und ist im allseits beliebten Buchhandel erhältlich. Der Autor heißt übrigens Barthle B. Boss und weiß, worüber er schreibt. Schließlich hat er das mal explizit und von der Pike auf gelernt. Und nun noch ein spaßiger Zeilenfüller:

Ein Spekulant sitzt vor seinem Computer und studiert gerade die neuesten Charts und Börsenkurse als sich der Boden öffnet und der Leibhaftige herauskommt. Der Teufel begrüßt ihn und spricht wie folgt: "Ab sofort weißt Du immer schon am Vorabend, welche Aktien am nächsten Tag die größten Kursgewinne machen werden. Außerdem liegen Dir alle Schönheiten zu Füßen und Du bist der tollste Hecht in der Umgebung. Einzige Bedingung: Deine Frau und Deine Schwiegermutter werden ewig in der Hölle braten." Spekulant: "Und wo ist der Haken?

> **Gott schenkte den Menschen die Sprache NICHT, damit sie alle aneinander vorbeireden.**

Echte Männer und Sprachen

Es musste ja so kommen…ein Ausflug ins Land der fremden Sprachen. Sprachen lernen ist nicht so schlimm wie der Schulunterricht es vermuten ließ. Kommunikation ist nicht nur die Wurzel allen Übels…sie verbindet auch und macht Spaß. Wie lernt man nun eine Sprache, ohne sich damit total verrückt zu machen? Es ist doch ganz einfach, echter Mann: Tun! Weißt Du noch, wie Mutti es Dir beigebracht hat? Völlig ohne Frontalunterricht. Sprachen lernt man durch Nachahmen und nicht durch Grammatiktraining. Ich mag Sprachen und Rhetorik. Gelegentlich träume ich sogar in Fremdsprachen. Aber die blöden Untertitel sind voll lästig. Oder doch nicht? Ein ganz einfacher Weg für Sprachgefühl und Sprachmelodie ist die gute, alte DVD mit diversen Sprachangeboten und Untertiteln. Schaut Euch Eure Lieblingsserie in anderen Sprachen an und lest die Textzeilen mit. Das wirkt wahre Wunder. Nehmt etwas Leichtes, so wie Soaps oder Sitcoms, deren Inhalte ihr auf Deutsch schon runterbeten könnt. Es ist egal, ob ihr Al Bundy, Flipper oder die Waltons anschaut. Ändert einfach die Sprache.

And now we have the salad: Wir gönnen uns etwas Englisch für den Hausgebrauch und völlig frei von Ernsthaftigkeit. Es ist thekengeeignet.

I believe I spider. (Ich glaube, ich spinne)

This make me foxdevilswild. (Das macht mich fuchsteufelswild)

My dear Mr. Singingclub. (Mein lieber Herr Gesangsverein)

This is under all pig. (Das ist unter aller Sau)

How horny is that then? (Wie geil ist das denn?)

Don't bring me on the palm. (Bring mich nicht auf die Palme)

With me ist no good Cherry eating. (Nicht gut Kirschen essen)

You've not all Cups in Cabinet. (Nicht alle Tassen im Schrank)

I believe my pig whistles. (Ich glaub, mein Schwein pfeift)

So. Genug gealbert. Mehr davon gibt es im www. Have fun and try more, real man.

> Ich komme so langsam in das Alter, wo ich beim Schuhezubinden überlege, ob ich hier unten nicht noch andere Dinge zu erledigen habe...

Echte Männer und das Alter.

Unvermeidlich, das Thema. Aber für echte Männer ist das mit dem „Alter" ebenso wie mit dem „Dick" werden. Männer werden nicht dick, sondern stattlich. Und alt werden wir auch nicht. Damit das gleich mal klar ist. Wir haben keine Möglichkeiten, das Altern zu verhindern. Aber wir können dafür Sorgen, dass wir dabei unseren Spaß haben. Es ist generell und immer das richtige Alter. Die Master-Frage ist nur…wofür eigentlich?

Wenn Dir Dein Körper wieder mal zärtlich ins Ohr haucht: „Mach das bitte nie, nie wieder", dann weißt Du, dass Du Deinen Lebensstil minimal modifizieren musst.

Etwas weniger Extremsport für Body, Leber oder Kreislauf ist völlig legitim. Du musst nicht mehr dauernd am Limit leben und beweisen musst Du weder Dir noch anderen irgendwelchen juvenilen Kappes. Du darfst anfangen, Dich wieder (zumindest innerlich) zu entkrampfen. Du darfst Menschen von Anfang an doof finden. Du hast schließlich nicht ewig Zeit.

Das Zeitgefühl verändert sich, wenn man irgenwann feststellt, dass die Tage im Kalender vielleicht doch nicht mehr, sondern weniger werden.

Na und? Das gehört eben dazu. Und davon lassen wir uns nicht unterkriegen.

Echte Männer bleiben einfach etwas länger jung als andere. Und in uns bleibt der Rebell erhalten. Es beginnt schon morgens, wenn der reifere Adrenalin-Junkie den Fuß heraus aus der Bettdecke über die Bettkante hängt.

Irgendwann rappelt der blöde Wecker. Habe ich das wirklich nötig? Der Störenfried der Morgenstunden verstirbt eines tragischen Wandunfalls. Nach dem Heißduschen wird lauwarm abgeschreckt. Und die Frühstückseier werden hart gekocht. Für echte Kerle eben.

Dann wird entspannt in den Tag gestartet. Das Alter macht Dich ruhiger. Du musst Dich also nicht mehr über Montage aufregen, weil Du weißt, dass die ganze Woche Scheiße wird. Na und? Schlimmer noch: Es ist Montag und Du hast gute Laune. Verwirrt im Alter…Mistauch.

Aufgestanden…getorkelt…und wieder was gelernt. Früher waren noch Drogen für so etwas notwendig. Heute macht das der Kreislauf für uns. So viel Spaß für wenig Geld.

Die nächste Herausforderung ist das Binden der Schuhe. Jetzt, wo ich schon mal hier unten bin…kann ich das nicht noch mit anderen Dingen verbinden?

Alter ist höchstens relevant, wenn Du eine Flasche Wein bist. Aber bitte nicht das Zeugs vom Discounter.

Apropos Alkohol. Erinnerst Du Dich noch an die Züge durch die Gemeinde und den obligatorischen 04.00 Uhr Ausflug zum Pizzastand an der Ecke mit anschließendem Kiosk-Abstecher für einen Conti Komapils? Wir waren echt gut drauf und das bleibt auch so. Wir werden uns *nicht* der Müsli-, Leinsamen- und Joghurtfraktion anschließen. Das macht vielleicht die Gnädigste, aber kein echter Mann.

Mit dem fortschreitenden Alter ändern sich die Perspektiven. Auch, wenn die Krankenkassen keine Brille mehr finanzieren: Viagra gibt es schon. Immerhin dürfen sich ältere Menschen noch fortpflanzen, auch, wenn sie anscheinend nicht mehr sehen dürfen mit wem. Freiheit und Sex gibt es also nach wie vor. Aber diese beiden Freunde aus vergangenen Zeiten sitzen nicht mit Dir zusammen auf der Parkbank.

Solltest Du Freiheit bevorzugen, dann geht einiges. Beim Sex bleibst Du besser vorsichtig und liegst wahlweise unten oder auf der Seite. Der Kreislauf kann ja so tückisch sein.

Du glaubst, dass Du im Alter wirklich einen Gang runterschalten kannst?

Eigentlich nicht, denn sonst wirst Du demnächst alle Sünden bereuen, die Du *nicht* begangen hast. Es wäre doch tragisch, wenn Du plötzlich feststellen müsstest, Dinge verpasst zu haben, oder? Das hat keine Zeit, bis Du in Rente bist. Und was überhaupt für eine Rente? Hier in Deutschland? Absurd. Trenn Dich gleich mal von dem Gedanken. Das wird nichts. Wovon denn auch? Wenn Du Realist bist, dann beginn mit der Planung eines Ruhestandes im fernen Ausland. Das erhöht die Überlebenschancen erheblich.

Kennst Du eigentlich den Unterschied zwischen einem deutschen, einem englischen und einem französichen Rentner?

Der englische Rentner geht in seinen Club, liest die Times und trinkt Tee.
Der französische Rentner nimmt sich eine Flasche Rotwein und geht angeln.
Der deutsche Rentner wirft ein paar Herztabletten ein und sucht sich notgedrungen einen Job.

Und noch einer, weil noch Patz war:

Drei Rentner sitzen auf einer Bank. Meint der eine: "Ich hol mir ein Eis, wollt ihr auch welches?" Sie nicken und werden nach ihren Wünschen gefragt. Sagt der eine: "Erdbeer, Kiwi, Banane, Heidelbeer und mit Sahne", der andere: "Mandel, Pistazie, Vanille, Apfel aber ohne Sahne."
Da meint der erste: "Ok. Ich geh dann jetzt." Die anderen beiden fragen sich, ob er sich das nicht notieren will, aber er antwortet: "Ne, das geht auch so." Nach ein paar Minuten kommt er mit drei Tüten Pommes wieder.
" Bist du dement, ey? Du hast die Majo vergessen!"

Zu guter Letzt noch ein Tipp. Geburtstage sind gut für die Gesundheit. Je mehr davon, desto länger lebst Du. Alter ist nichts für Weicheier. Also durchhalten. Versprochen?

Der nervtötende Nachbar macht immer so komische Geräusche, wenn man draufkloppt. Der ist bestimmt kaputt.

Echte Männer und die Nachbarn.

Wir haben noch nicht über unser soziales Umfeld gelästert. Höchste Zeit, es anzugehen. Nachbarn sind ein lästiges Übel. Irgendwas ist immer. Es helfen nur wenige Dinge: Gewalt, stoische Gelassenheit, Wegziehen (Einsame Insel mit Bar und Internet erwünscht), Alkohol und/oder Humor gehen auch.
Eine gute Nachbarschaft muss hart erarbeitet werden. Wie wir alle wissen sieht Gott alles und der Nachbar noch viel mehr. Die meisten Nachbarn sind definitiv nichts für schwache Nerven. Hoffentlich sehen die mich nicht in dem selben Licht. Absurd. ICH bin immer nur angenehm, sozusagen der Lieblings- nachbar. Echte Nachbarn nehmen Rücksicht und legen Wert auf ein harmonisches Miteinander. Ich zum Beispiel lasse gern an meiner Musik teilhaben und finde es schön, wenn Zimmerlautstärke herrscht, also alles in jedem Raum gut hörbar ist. Immerhin lebt nicht mehr die Satanisten-WG neben mir. Über Deathmetal ließ sich ja streiten. Aber mich störte das rituelle Schlachten der Ziege zu Vollmond. Schlaf war mir schon immer wichtig. Anbei etwas aus der Vergangenheit mit höchst realem Hintergrund.

Nachbarn

Der unbestrittene Vorteil am Leben in einer Mietskaserne besteht im Vorhandensein von reichlich Nachbarschaft. Gesellige Kontakte bereichern das Leben ungemein, inspirieren und halten jung.

11.00 Uhr. Es klingelt Sturm. Die Verursacherin der Dauerlärmbeschallung, Nachbarin Lotti Gurgelbauer, ist 89 Jahre jung und etwa 155 cm groß. Sie erinnert stark an die Glöcknerin von Notre Dame und verfügt über einen guten Vorrat an Demenz im Marschgepäck. Eine graue Lockenperücke anstelle eigener Haarpracht sowie ein ehemals weißer Hauskittel mit undefinierbaren Substanzablagerungen in Farbe und bunt runden das Bild ab.
„Entschuldigen Sie. Ich habe noch ein paar alte Scheiben Brot. Könnten Sie die wohl gegen frische umtauschen?" Der mitleidheischende und klagende Blick von Dobby, dem knittrigen Hauselfen, erweicht mein Herz.
Fassungslos drücke Ihr eine Tüte Brotschnitten in die Hand und komplimentiere sie hinaus ins Treppenhaus.

12.00 Uhr. High Noon. Es klingelt Sturm. Frau Nachbarin steht erneut vor der Tür. In der faltigen, anscheinend seit Wochen nicht gewaschenen und mit undefinierbarer Patina überzogenen Hand, hält sie eine Scheibe Käse, die dick mit Butter bestrichen ist. Ohne Brot. Anscheinend handelt es sich um eine Form von Tribut für die gute Nachbarschaft. Ich nehme die bizarre Gabe entgegen, verabschiede mich und entsorge alles fachgerecht und hygienisch.

13.00 Uhr. Irgendetwas riecht stark angebrannt. Nichts wie rüber, bevor das Haus in Flammen steht. Es klingelt Sturm, wenn auch diesmal in umgekehrter Richtung. Lotti G. öffnet die Tür und beschwert sich über den Klingellärm. Wie könne ich sie nur beim Telefonieren mit Ihrer Nichte stören? Die dicken Rauschschwaden aus Ihrer Küche, die bereits den Flur füllen, stören sie nicht.

Plötzlich kommt sie zu einer Erkenntnis: „Oh…meine Kartoffeln!"

Die Herdplatte glüht rot und der inzwischen wasserlose Topf produziert fleißig Schwaden aus vier kleinen, tiefschwarzen Klumpen, die mal Kartoffeln gewesen sein müssen. Der beißende Qualm zieht durchs Treppenhaus in meine Wohnung. Hurra! Ich beseitige schnell das Fiasko und entsorge den Topf nebst Inhalt in die Spüle.

Der anschließende Protestanruf bei der Vermieterin bleibt erfolglos. Ich bekomme den Rat, nächstes Mal die Feuersbrunst zuzulassen. Das sei ein probater Grund für eine Kündigung.

14.00 Uhr. Zigarrengestank kommt aus meiner Toilette. Ein Stockwerk tiefer sitzt „Schnucki", der letzte deutsche Arbeiter, auf dem Klo. Seine Freude Vodka und Zigarre stets bei sich, pöbelt er aus dem Verlies seine Frau an. Schnuckis Liebste revanchiert sich nach Kräften. Ich lerne neue Ausdrücke kennen, die mir die Sprache verschlagen.

15.00 Uhr. Es klingelt mal wieder Sturm. Frau Nachbarin benötigt Salz. Gott sei Dank…Salz brennt wenigstens nicht.

16.00 Uhr. Der Gang zum Mülleimer erweist sich als überflüssig. Großfamilie Klöpper aus dem EG hat die frisch geleerten Tonnen in Rekordzeit bis zum Anschlag mit leeren Konserven, Einwegflaschen, Fuselflaschen, duftenden Windelgebinden und bunten Junkfood-Verpackungen vollgemüllt. Ich fluche vor mich hin und weiche unauffällig auf die Tonnen der Nachbarhäuser aus.

17.00 Uhr. Wasserschaden in der lustigen Sponti-WG aus dem Obergeschoss. Das passiert, wenn Laien mal eben die Waschmaschine selbst reparieren. Ich stelle ein paar Eimer auf und meditiere über die interessanten, braunen Muster auf meiner vor wenigen Minuten noch weißen Tapete.

18.00 Uhr. Fernsehterror aus der Residenz Gurgelbauer. Nach 15 Minuten Klingeln öffnet sie ein wenig vergrätzt die Tür. Immer diese Störungen. „Wie? Was? Wer? Wieeee? Ach stimmt ja…Hörgerät vergessen!" Immerhin stinkt es kaum noch nach Rauch.

19.00 Uhr. „Schnucki" und Frauchen werden nach reichlichem Alkoholgenuss handgreiflich. Wie fast jeden Abend. Ein Wunder, dass sie überhaupt noch Geschirr zum Schmeissen haben.

20.00 Uhr. Ruhe. Ich werde nervös. Ruhe um 20.00 Uhr ist unvorstellbar. Aber dann folgt auf dem Hof der Burnout-Versuch am frisch frisierten Mofa der Klöpper-Brut. Mein Weltbild ist wieder hergestellt.

21.00 Uhr. Spontanes Grill-Event der Klöppers. So viel Spaß mit dem Mofa macht eben hungrig. Lärm, Gestank und weiterer Restmüll für die überquellenden Mülltonnen. So muss das sein.

22.00 Uhr. „Schnucki" will mitgrillen. Leider hassen die Klöppers „Schnucki". Schnuckis Angetraute tanzt inzwischen nur mit dem Pyjama-Top bekleidet einen aufschlussreichen Limbo unter einem schnell installierten Besenstiel. Der Anblick ist für immer in mein Hirn gebrannt. Klöppers haben soeben „Schnucki" zum Müll in eine der Tonnen gekloppt, während Frau „Schnucki" lustiges Restesaufen macht. Frau Gurgelbauer gesellt sich zur Grillparty. Sie schleppt ein Netz Kartoffeln mit. Dabei hatte sie heute doch schon.

22.15 Uhr. Rauchschwaden kommen aus den Fenstern der Gurgelbauer-Wohnung. Ich stürme die Treppen hoch, berge meine Versicherungsunterlagen, DVD's Zahnbürste, Decke, Campingliege und Brieftasche, flüchte eilig aus dem Gefahrenbereich und halte mich an den Ratschlag der Vermieterin.
Die Nacht ist kurzweilig, aber unkomfortabel. Von der anderen Straßenseite aus verfolge ich die Löscharbeiten der Feuerwehr. In den frühen Morgenstunden röste ich ein paar Kartoffeln aus dem Gurgelbauerbestand in der Restglut des abgebrannten Hauses und zische dazu ein paar Restanten Komapils aus dem Klöppervorrat.
Anscheinend benötige ich eine neue Wohnung. Hoffentlich finde ich wieder etwas Passendes mit guter Nachbarschaft. Wer lebt schon gern allein?

> **Manchmal setzt Humor, der kleine freche Lümmel, sogar Intelligenz und Allgemeinbildung voraus. Gemein, gell?**

Echte Männer und Humor

Wer halbwegs intakt durch diese völlig irrsinnige Welt gehen möchte, der kommt am Humor nicht vorbei. Apropos Humor: So langsam nähert sich das Büchlein dem Ende. Hoffentlich war es sowohl unterhaltend, informativ und hat gelegentlich den einen oder anderen Zwerchfellmuskel erwischt. Denn ohne Humor ist definitv alles doof. Vor allem die Mitmenschen. Und überhaupt.

Man kann den ganzen Quatsch am Leichtesten mit einer Mischung aus innerer Gelassenheit und Dauergrinsen meistern. Als Trainingsort bietet sich eine deutsche Innenstadt an. Da ist alles, was der Mensch so braucht, reichhaltig vorhanden. Besonders am Wocheende, wenn das Leben so richtig tobt, wird Dir ein Programm geboten, welches Dir kein TV-Kanal jemals bieten könnte. Aber Obacht…manchmal kann es schon wirklich heftig zugehen.

Jedem seine Hölle…und mir bitte zwei!

Das Wochenendeinkaufen in der Innenstadt nimmt die übliche Gestalt an.

Tausende und Abertausende von Menschen im allerbesten Konsumrausch zwischen alltäglichen Notwendigkeiten und völlig nutzlosem, unbrauchbarem, überteuertem Mist.

Inmitten der Menschentrauben befindet sich dauergrinsendes, mit schwarzen Hosen, weißem Hemd und schwarzem Schlips bewehrtes, adrett gekleidetes, völlig uncharismatisches, hässliches, pickeliges männliches Jungvolk.

Die weibliche Variante trägt adrette Kostüme in erfrischendem Steingrau und grinst noch breiter.

Alle tragen lustige Namensschilder. Auch in schwarz. Sehr hilfreich.

Cool. So was will ich auch.

Und schon erfolgt die unvermeidliche Ansprache. Amerikanischer Akzent.

„Entschuldicken Sie, Sir...? Dörfen wir mit Ihnen über Gott sprecken?"

Igitt. Sektenvolk. Mormonen noch dazu. Ich kann Mormonen nicht ausstehen. Völlig humorloses Pack.

Allerdings gibt es auch einen erheiternden Aspekt. Vielweiberei. Die Heiligen der letzten Tage sind da durchaus lebensfroh. Zumindest die Kerle. Eine geniale Idee. Soviel Weibsvolk, wie „Mann" will. Zwei Drittel davon schickt man zum Talerchen anschaffen, die anderen kümmern sich um Kinder, Küche und Bett.

Vielleicht vermag ich dieser Glaubensrichtung doch noch etwas abzugewinnen?

Mein „Liebäugeln" endet jäh, als „Sister Beaver" ihr Interesse an meinem Seelenheil entdeckt. „Sister Beaver" ist eindeutig „Zwei Öltanks", quadratisch, kompakt, voller heiligem missionarischem Eifer und

216

Sommersprossen. Ihr Name ist als verbindliche Aussage zu betrachten. Ein riesiges, rotpelziges Nagetier mit dramatischem Überbiss.

Nein. Ich will das lieber doch nicht. Schon gar nicht so ein monströses, völlig irrsinnig dauergrinsendes Bieberweibchen aus Sektenhausen.

Ich erfahre noch beiläufig auf meiner Flucht vor dem rotbefellten Mammutnager, dass ich gerade erfolgreich mein Seelenheil gekillt habe. Auf mich wartet also nach meinem Ableben ein ziemlich heißer Ort. Besser als jede Sauna.

Ich mutmaße allerdings, dass er mir nicht wirklich viel anhaben kann. Es ist physikalisch und biologisch unmöglich, so ganz ohne Körper, zentrales Nervensystem, Hormone und Schmerzempfinden auch nur annähernd unter Torturen zu leiden.

100 Meter weiter erwartet mich schon die nächste Versuchung, meinem Leben einen neuen Sinn zu geben.

Sie ist Ende 80, blickt genau so irrsinnig drein...und singt. Nicht schön...aber laut.

Genau wie damals im Kino. Beim Leben des Brian. „Jehooova...! Jehoooovaaa!" erschallt es.

Ich kann Zeitungsdrücker nicht ausstehen. Und diese Oma schon gar nicht.

Ich verweigere die Annahme des unverbindlichen und kostenlosen Probeexemplars der Postille des ewigen Seelenheils. In Folge stecke ich einen weiteren Höllenaufenthalt zusammen mit einem Mustertütchen ewiger Verdammnis ein.

Mein Fluchtweg führt mich an den Jüngern von L.Ron.Hubbard vorbei.

Nein...ich schöpfe mein Potential vollkommen aus. Nein...ich will wirklich kein Seminar über Dianetik mitmachen. Und weiterhin nein...mein Geld bleibt bei mir.

Den Chorus der „Gemeinde Gottes" vernehme ich schon von weitem. Ich umgehe das Gebiet des musikalischen Sondermülls und neochristlichem Liedgutes nebst schrägem Gitarrengeklampfe weiträumig.

Im Grunde genommen ist das *„Opium fürs Volk"* eine geniale Marketingidee für einen nicht greifbaren Artikel. Es lässt sich teuer verkaufen, ohne irgendeinen Vorteil oder eine Leistung nachweisen zu müssen. Keine Lagerhaltungskosten, keine Einkaufskosten, das Personal arbeitet oftmals unentgeltlich. Allerdings können die Nebenwirkungen dieses Produktes zuweilen beträchtlich sein. Psychotrope Anwandlungen sind eine böse Sache. Gelegentlich enden sie sogar tödlich. Andererseits...wen juckt es? Es ist nicht bekannt, dass Verblichene zurückkehrten, um zu reklamieren. Erstaunlich ist, dass nicht einmal die deutschlandbeherrschende, allgegenwärtige und omnipotente Versicherungs-Industrie diesen Vorläufer ihres eigenen Sortiments für sich selbst aktivieren konnte. Religion ist der Prototyp der Assekuranz, wird aber nicht kontrolliert. Wo bleiben eigentlich Stiftung Warentest und die Verbraucherschutzverbände, wenn man sie mal braucht?

Ich passiere schnellen Schrittes den Stand der Lafontaine-Sekte, die noch mehr verspricht und noch weniger hält, als der gute alte Ablassbrief.

Und plötzlich habe ich eine Eingebung.

Ich erwerbe eine Sackkarre. Dann vier Kisten Koma-Pils. Dazu 100 Bratwürstchen und Nackensteaks. Ketchup, Senf, Majo, Billigtoast und zwei Grills nebst Grillkohle.

Flinken Schrittes ab in den Park.

Dort gründe ich voller Freude meine eigene Sekte. „Die Gemeinschaft des Höllenfeuers".

Die ersten 20 Novizen und Novizinnen sind schnell gefunden.

Ich stelle spontan ein paar Gebote auf und schenke reichlich Messbier aus. Dazu Buttertoastoblaten und Grillfleisch vom Fleische der Tiere des Herrn. Im Anschluss rufe ich mich einstimmig zum Papst aus. Wenn schon...denn schon.

Habemus Papam. Inflammatum esse BBQ. Amen.

Und somit wäre das Ende erreicht. Ich hoffe, es war für Dich, werter Leser und echter Mann, ebenso gut wie für mich. Bevor ich mich dem nächsten Buch widme, möchte ich noch ein paar Weisheiten unter das Volk bringen. Wer weiß, wozu es gut sein mag, mmm?

Frauen: Eindeutig eine tolle Erfindung von Mutter Natur. Aber undurchsichtig. Streite möglichst nicht mir ihnen, wenn sie gereizt, depressiv, emotional, launenhaft, nervös, empfindsam, unglücklich, müde, hungrig oder hormonell strapaziert sind. Oder atmen. Ignoriere niemals „den Blick". Sonst fehlen Dir wertvolle Sekunden für den strategischen Rückzug. Beherzige es und Du lebst länger. Sage niemals zur Gnädigsten das Zauberwort: „Dick"! Kritisiere um Gottes Willen nicht ihre Anwandlungen, vegetarisch leben zu wollen. Frauen sind so. Und nein, sie mögen keine Argumente. Überhaupt nicht.

Wenn „gesunde" vegetarische Kost insbesondere Salat tatsächlich schlank machen würde, dann gäbe es weder dicke Nilpferde, Elefanten oder Nashörner.

Wenn Gnädigste Dich jemals fragen sollte, ob Sie Dir vielleicht zu dick sei, dann lüge so ungeniert wie niemals zuvor in Deinem Leben. Vielleicht hast Du dann eine Chance, Deinen Enkelkindern beim Großwerden zusehen zu können. Präventiv: Sollte sie in den Spiegel schauen und etwas abnehmen wollen, dann hilf ihr. Abnehmen...ja...aber bitte den Spiegel. Sonst wird das eh nichts. Eine Option: Rede der Gnädigsten ein, dass Sex beim Kalorienverbrennen sehr nützlich sei. Also keinen Sex zum Spaß oder so. Mehr als Fitnessprogramm. Ganz egal mit welcher Gnädigsten auch immer. Also nimm Dir besser eine Hübsche. Jung ist legitim...denn wir wir alle wissen, ist eine Frau ab 25 oll. Apropos: Du wird es niemals hinbekommen, Frauen zu verstehen. Das gelingt nicht einmal Frauen. Sollte sie Anwandlungen haben ...Sportclub, Joggen oder Schlimmeres, dann sei bedingt kooperativ. Sport gibt, wie „Mann" weiß, Menschen einfach das Gefühl, dass sie besser aussehen. Das funktioniert allerdings auch mit Alkohol recht gut.

Allein das Thema „Frauen" füllt ganze Bücher. Vielleicht liegt das auch daran, dass es voll lustig sein kann. Wenn man es möchte. Es beginnt mit den kleinen alltäglichen Dingen. Du möchtest, dass Deine Frau Dir aufmerksam zuhört? Dann rede im Schlaf. Nur so funktioniert das. Frauen sind auch nicht wirklich kompliziert. Sie haben nur ein Systemprogramm, das völlig anders als unseres funktioniert. Windows hilft Dir beim Mac eben nicht im Geringsten. Wenn Deine Frau „Ja Ja" sagt, dann hat das locker 20 Bedeutungen. Aber, um Gottes Willen, welche bloß? Selbst Chinesisch ist da einfacher. Wir lieben Frauen...aber niemand von uns versteht sie. Frauen geht es ebenso. Frauen sind auch nicht zickig. Du machst halt nur gerade nicht das, was Gnädigste will. Du musst da unbedingt vorsichtig sein, geschätzter Weggefährte und Leidensgenosse. Frauen sind in der Lage, Dir unterzujubeln, dass Du denkst, etwas wirklich gewollt zu haben. Frauen sind nachtragend. Sie vergessen nichts und archivieren es irgendwo. Dann, wenn Du es am wenigsten erwartest, holen sie es aus dem Fundus und klatschen es Dir um die Ohren. Es kann Jahrzehnte her sein, dass Du Dich zu einer unvorsichtigen oder schlimmer noch spaßigen Äußerung hast hinreißen lassen. Die Rache wird ewig währen. Der unendliche Kampf der Geschlechter beginnt beim Frühstück, tobt am Arbeitsplatz, schleicht sich in den Feierabend, begleitet Dich beim Abendessen und lässt Dich den Kampf um die abendliche Fernsehsendung verlieren. Du kannst Dich gleich mal vom Gedanken trennen, den Batman-Film oder die spannende Doku über das Universum zu sehen, wenn es *Voice of Germany* oder das *Dschungel-Camp* gibt. Es könnte ratsam sein, ein separates Männer-Zimmer einzurichten. Tapete und Möbel Deiner Wahl, ein passendes TV-Gerät, ein Schrank mit Deinen Lieblings-DVD's und Deine Whiskey-Kollektion. Der Raum sollte von innen verriegelbar sein. So ein fetter Balken wie hinter einem Burgtor. Wusstest Du eigentlich, von was sich der Begriff Lebensgefahr ableitet?

Von Lebensgefährtin. Oder war das umgekehrt?

Nun wollen wir unsere geliebten Lebensgefährtinnen nicht schlimmer machen, als sie es wirklich sind. Gott schuf dereinst den Mann. Und dann die Frau. Gott hat sie in seiner großen Weisheit geschaffen. Und als er sah, was er da wirklich angerichtet hatte, schuf er den

Alkohol. Nur für uns! Mutmaßlich aus Mitleid. Ich bin mir allerdings nicht sicher, ob die göttliche Idee mit dem Fusel nicht einfach nur ein Weg ist, damit auch die wirklich schlimmen und hässlichen Mädels mal Jagdglück haben. Man weiß ja nie: Die Wege der Schöpfung sind unergründlich und neigen zu Schabernack.

Frauen sind merkwürdig. Männer kaufen gezielt ein und Frauen gehen „shoppen". Lustgewinn durch das Anhäufen völlig unsinniger Hinguckerchen, Aufstellerchen, Wanddekorationen und dann natürlich Drogerieartikel: Cremes, Deos, Lotionen, Zeugs, Krimskrams und Unfug. Dann auch noch der Schuhtick.

Es ist völlig unmöglich, das Wort *„Kaufrausch"* ohne *„Frau"* zu schreiben. Warum Dinge ändern, die einen bedrücken? Es gibt doch einen Friseur, der die Welt mit einem anderen Haarschnitt zu einem anderen Planeten machen kann. Und, wo wir schon eine neue Frisur haben, brauchen wir doch noch dringend neue Wäsche, Kleider und Schuhe Schuhe Schuhe. Ein Mann…ein Wort. Eine Frau…ein Wörterbuch und ein Schuhschrank. Alle Frauen glauben, dass es bei ihnen wie bei Cinderella läuft und ein Schuh das gesamte Leben verändert. Irrtum Mädels. Auch das mit dem Prinzen funktioniert leider nicht. Ihr habt nur uns. Aber dafür könnt ihr einen echten Mann bekommen, der sich nass rasiert und nachts den Mond anheult, nachdem er sich mit reichlich Bier gestärkt hat. Danach wird balzen und erobern gegangen. Denn echte Frauen wollen von echten Männern erobert werden. Und genau das können wir. Nun ein echter Klassiker vom Rühmann:

Ich brech' die Herzen der stolzesten Frau'n
weil ich so stürmisch und so leidenschaftlich bin
mir braucht nur eine ins Auge zu schau'n
und schon isse hin

Ich hab' bei Frauen so schrecklich viel Glück
das ist kein Wunder
denn mein Sternbild ist der Stier
mein Blut ist Lava, und das ist mein Trick
das liebt man an mir

Ich lach' sie an und sage schlau
sie sind die richtige, gnädige Frau
komm' ich in Glut
dann ist mir jede so gut

Ich brech' die Herzen der stolzesten Frau'n
weil ich so stürmisch und so leidenschaftlich bin
mir braucht nur eine ins Auge zu schau'n
und schon isse hin

Ich lach' sie an und sage schlau
sie sind die richtige, gnädige Frau
komm' ich in Glut
dann ist mir jede so gut
Ich brech' die Herzen der stolzesten Frau'n
weil ich so stürmisch und so leidenschaftlich bin
mir braucht nur eine ins Auge zu schau'n
und schon isse hin.

Habe Spaß und gönne Dir und Deinem Leben Abwechslung. Schau ab und an in den Spiegel, rede mit Dir selbst und dann lacht Ihr beiden. Verändere die Perspektive. Solltest Du bis heute noch nicht am

Arbeitsplatz sexuell belästigt worden sein, dann schmeiß den Job hin. Oder geh mal im Spiderman-Look in die Konferenz. Sei was Du sein möchtest und nicht das, was Du musst, weil andere es von Dir erwarten...

Mach Dir eine To-Do-Liste. Ich habe auch eine.

1. Vanillepudding in ein Majo-Glas füllen und in der Mittagspause genüsslich auslöffeln.

2. Mehrere Privatdetektive engagiern und sich gegenseitig beschatten lassen.

3. Im vollen Aufzug laut sagen „Ihr wundert Euch bestimmt alle, warum wir uns heute hier versammelt haben..."

4. In ein Geschäft rennen und fragen welches Jahr wir haben. Wenn jemand antwortet, dann wird erfreut gerufen: „Mein Gott! Es hat funktioniert!" Und dann **schnell** weglaufen. (Wichtig)

5. Einen Doktortitel kaufen und den Nachnamen in „Acula" ändern.

6. Einen Papagei kaufen und ihm folgenden Satz beibringen: „Hilfe! Man hat mich in einen Vogel verwandelt!"

7. Neben Joggern mit dem Auto herfahren und dazu „Eye of the Tiger" zur Motivation spielen.

8. Beim Stadtmarathon am Straßenrand stehen und Plastikbecher voll Vodka an die Läufer verteilen.

9. Im Büro einen Wettkampf im „Wer dreht sich auf dem Chefsessel, bis er kotzen muss" veranstalten.

10. Mein Weihnachtsmarktmantra üben:

„Ein Glühwein"
„Swei Klühwein"
„Reih Lühwei"
„Hie Hühei"
„Flünei"
„Glmpfn"

Und nun ist es soweit. Gemäß Harry Potter und der Karte des Rumtreibers lehne ich mich zurück:

„Unheil angerichtet!"

ICH BIN EIN **MANN:**

DAS RECHTFERTIGT **ALLES!**

UND **ZACK!**

WIEDER UNBELIEBT GEMACHT!

Gallenextrakt

Was haben „Der schwedische Albtraum", „Malta sehen und sterben", „Hasenjagd", „Uschis Krabbelgruppe", „Lego Brutal", „Politisch korrektes Weihnachten" und „Sex'n Drugs'n Rock'n Roll" gemeinsam?
Sie sind ein Teil dieses Buches mit 32 miesen, fiesen, kleinen, feinen und gemeinen Kurzgeschichten und einem Lied aus der spitzen Giftfeder von Barthle B. Boss.

Boshafte Unterhaltung vom Feinsten mit einer ordentlichen Spur Zersetzung und garantiertem Spaßfaktor, eingelegt in bestem Gallenextrakt.

Wer das nicht liest…ist selbst schuld.

Die erste ist die schwerste…

Dieses Buch ist eine Million Dollar wert.
Es liefert auf unterhaltsame Art die einzige,
garantiert funktionierende Strategie zum Aufbau
der ersten Million und beantwortet eine mehr
denn je aktuelle Frage:
Wie schütz e ich mein Kapital in Krisenzeiten?
Viel Spaß beim Lesen und noch
mehr Erfolg wünscht

Barthle. B. Boss